꿈꾸는 시간
빛의 날개

현성 김수호 지음

하움출판사

오래전 쓴 글 가운데 세 편, 책으로 얼굴 내밀며

"꿈꾸는 시간 빛의 날개"

삶이란 단어가 던져 주는 의미는 기쁨이 되어야 한다. 눈, 귀, 코, 혀, 몸, 뜻으로 나타나는 그 모든 것을 찬탄으로 맞이하고 생각, 입, 몸으로 축복을 실행할 때 진정한 행복이 완성된다. 꽃섬 별 무지개 나라, 할미꽃 지팡이와 금오함선을 통하여 확장된 자신을 바라보고 감추어진 빛의 공덕이 이룩된다면 나의 노래 축복이 되리라.

틀 속을 벗어나지 않으면 틀을 볼 수 없고 틀 속을 벗어나야 비로소 틀의 공덕을 찬탄하게 된다. 모든 생명에게 평등하게 주어진 시간과 공간의 공덕은 찬탄으로 나타나고 축복으로 이끌어 감이니, 어린애부터 노인까지 불멸의 찬탄 그리고 축복으로 자신의 숨결 소리 듣는 기회가 되기를 기원하며 책 한 권이 나오기까지 함께한 모든 인연에 감사드리며 나의 노래 전합니다. 책 한 권이 나오기까지 함께한 모든 인연에 감사드리며 나의 노래 전합니다.

* 끝으로 한 권의 책 출판 마무리에 도움을 주신 이복녀 여사님 삶 마지막 여정이 아름답게 마무리되기를 기원합니다. *

2024년 7월 6일

목
차

금오함선

할미꽃 지팡이

꽃섬 별 무지개 나라

금오함선

생각의 고향 · 빛의 고향을 세우자 · 언덕 위 작은 집이 날개를 달다

파도가 싣고 간 그림자 · 축복의 샘 영원한 불멸의 공덕

평등의 노래 축복하는 침묵의 언어 · 금오함선 우주로 날아다녀요

1. 생각의 고향

　모두가 잠들어 고요할 때면 바다는 우주를 향한 물질을 하였어요.

　"철썩철썩"

　커다란 소리가 날 때마다 바위는 뜨겁게 달아올라 우주를 향한 빛을 내기 시작을 했어요. 서서히 하늘은 밝은 빛으로 변하여 커다란 바다는 하늘을 향해 날아오르기 시작했지요.

　"야! 우주 친구들아! 반갑다."

　하늘의 별들이 바다를 향해 춤을 추면 바다가 반가운 인사를 해요.

　"바다야, 오늘은 어떻게 지냈니?"

　항상 즐겁게 노래 부르며 지내는 바다의 노랫소리가 듣고 싶어 오는 사람들이 무슨 말을 하는지 우주 친구들은 궁금했어요.

　"음, 사람들은 늘 너희들을 부러워해. 저 하늘 높이 날아가고 싶어 하거든. 그런데 아주 특별한 아이가 있어. 그 아이의 생각 주머니가 아주 커. 나를 쳐다보면서 생각에 빠져 있어. 그 소리가 너무 커서, 내 가슴 깊은 곳까지 들려와. 그 아이는 꿈을 꾸는데 우주 선장이 되고 싶어 해. 그래서 나는 생각했어. 그 아이를 지켜보면서 내가 해 줄 수 있는 것이 무엇인지 알아보기로 했어. 아주 특별한 아이가 틀림없어."

바다의 말에 우주 친구들은 내심 기대가 되었어요.

"그럼 그 아이를 우리도 같이 도와주자. 같이 지켜보면서 꿈을 이루게 해 주자!"

우주 친구들은 서로 의논을 하고 바다에게 말했어요.

"바다야, 우리도 그 아이의 꿈이 이루어지게 도움이 되었으면 좋겠어. 우리가 도울 수 있는 일이 있으면 알려 줘!"

우주 친구들의 말에 바다는 아이에 대한 특별함이 더해졌어요. 바다는 생각했어요.

'그런데 그 아이 이름은 뭘까?'

바다는 이제 모든 신경이 아이에게 갔어요. 어서 빨리 그 아이를 다시 만나고 싶었어요. 하지만 며칠째 아이는 보이지 않았어요. 바다는 궁금해서 참을 수가 없었어요. 그래서 결심했어요.

'내가 보러 가야겠다.'

바다는 커다란 몸을 흔들며 일어났어요. 얼마나 그 몸이 큰지, 온 세상이 하얀 안개로 가득 찼어요. 바다 안개는 산으로 들로 아이를 찾아 나섰지요. 안개가 지나는 곳마다 세상은 환하게 보여졌지요. 바다는 세상을 바라보며 많은 생각을 했어요.

'아! 여기는 아픈 아이가 있네, 치료해 주어야지.'

바다가 생각을 내어 다가서면 아픈 아이는 점점 건강해졌어요. 하지만 아무도 바다가 하는 일을 알지 못했어요. 바다 안개가 산언덕에 이르자 조그만 집에서 글을 읽고 있는 소년이 보였어요. 문틈 사이로 살며시 보니 바로 그 아이였어요.

바다가 신이 나서 말했어요.

"아, 찾았다!"

바다는 큰 소리로 외쳤어요. 그러자 문이 덜커덩거리며 열렸다가 '쾅' 하고 닫혔어요. 아이는 그때도 뒤돌아보지 않고 공부만 하고 있었어요.

'아니, 꿈쩍도 하지 않네. 너무 열심히 공부를 해서 내가 온 것도 모르는구나!'

그때였어요. 밖에서 부드러운 소리가 들려왔어요.

"금오야, 나와서 불 좀 지펴 줄래?"

부엌에서 들려왔어요. 바다 안개는 부엌으로 갔어요. 부엌에는 저녁밥을 짓고 계시는 할머니가 있었지요. 할머니가 부르는 아이가 바로 금오였어요. 바다 안개는 금오를 향해 '금오야' 하고 불러 보고 싶었어요. 하지만 그렇게 하지 않았어요. 이제 금오라는 이름을 알았잖아요. 바다 안개는 온 집 안을 둘러보며 이곳저곳을 살펴보았어요. 너무 작은 집에는 금오와 할머니, 할아버지 셋이서 살고 있었어요.

바다 안개가 온 집 안 구경을 하는 동안 금오는 부엌으로 가서 할머니를 돕고 있었지요. 부엌에서는 금오가 아궁이에 불을 때고 있었어요. 할머니의 음성이 들려왔어요.

"금오야, 공부하는데 불 지피라고 해서 미안하구나! 할머니가 저녁 반찬을 하려니, 오늘은 바쁘구나. 너밖에 없으니…."

"할머니, 저 괜찮아요. 공부도 쉬어 가면서 해야 머리에 잘 들어와요. 걱정하지 마세요."

금오의 말에 할머니의 눈에는 눈물이 맺혔어요.

"미안하구나, 너를 고생시켜서. 남들은 너만 한 아이들을 신나게 놀도록 해 주는데 할머니가 되어 가지고 불이나 때라고 하니 미안하다."

"할머니, 걱정 마세요. 금오는 학교에서나 집에서나 할아버지, 할머니가 계셔서 너무 행복해요."

할머니와 금오는 서로를 위로하며 이야기를 나누고 있었지요. 바다 안개는 점점 커다란 몸이 되어 작은 집으로 들어오고 있었어요. 금오에 대해 모든 것을 알고 싶었거든요. 바다 안개가 시선을 멈춘 곳은 열쇠가 채워진 방 하나였어요. 바다 안개는 궁금해졌어요. 방안에서 고요함만이 흘러나오고 있었어요. 아주 오랫동안 잠겨 있는 듯, 열쇠에는 먼지가 쌓여 있었지요.

"무슨 일일까?"

바다 안개의 궁금증이 커질수록 작은 집에는 점점 몰려드는 바다 안개의 커다란 몸집 때문에 어둠이 빨리 왔어요.

"금오야, 방에도 불을 켜야겠다. 오늘따라 안개가, 뭔 안개가 이리 심하노?"

할머니의 말씀에 금오가 방으로 들어가 불을 켰다.

"할아버지, 어두운데 뭘 하세요? 글씨가 보이세요?"

금오의 말에 할아버지는 웃으시며 "불 켜려고? 키나 안 키나, 뭐 마찬가지야."

금오는 불을 켜며 할아버지의 손에 들려 있는 신문을

보았어요.

"아이, 할아버지! 인제 그만 보기로 약속했잖아요!"

할아버지는 힘없이 금오를 바라보며 "그래, 우리 금오가 있지."

금오는 할아버지 옆으로 다가가 할아버지 어깨를 주물러 드렸어요.

"시원해요? 할아버지!"

"그래, 시원하구나!"

이 광경을 바라본 바다 안개는 금오에 대하여 더욱 궁금했어요. 바다 안개는 생각했어요.

'너무 오래 있었나 보다. 어둠이 가득한걸.'

바다 안개는 몸을 되돌려 바다로 돌아왔어요. 바다는 출렁이며 커다란 몸집을 흔들고 있었지요. 금오는 안개가 사라진 하늘을 향해 알 수 없는 기도를 했어요. 아무도 금오의 기도를 들을 수 없었어요.

"금오야, 밥 먹자!"

할머니의 밥 먹으라는 소리에 금오는 방으로 얼른 뛰어들어가 맛있게 저녁을 먹었어요.

"할아버지, 할머니 반찬 솜씨는 정말 대단해요! 할아버지도 그렇지요?"

할아버지는 당연하다는 웃음을 지으며 "나는 70년이나 되었지! 매일 맛있는 밥을 먹은 지가."

금오는 "와, 그래서 할아버지가 건강하신 거네요!"

할머니는 금오의 말을 듣고 잔잔한 목소리로 말씀하셨어요.

"무엇이든 맛있게 먹어 주는 사람이 그 맛을 내는 법이란다. 할머니 반찬이 맛있는 것이 아니란다. 할아버지의 맛이 스며든 것이지!"

할머니와 할아버지는 서로를 바라보며 미소를 지었어요.

밤은 점점 고요 속으로 들어가고 금오는 방으로 돌아와 밤이 깊어 가도록 책을 읽었어요. 밖으로 새어 나간 불빛은 달빛에 섞여 밤을 빛내는 별이 마당에 뜬 것 같았어요. 아침이 다가오고 방문 앞에는 햇살이 다가와 문을 두드리며 금오를 깨웠지요. 금오가 문을 열자, 저 멀리 바다가 한눈에 들어왔어요. 금오가 살고 있는 곳에 바다는 가깝게 다가와 있었던 것이에요.

"와, 오늘도 바다가 보인다! 내 꿈을 이루어 줄 바다를 오늘은 만나야겠어."

금오가 바다를 향해 멀리서 인사를 하고 있었어요. 멀

리서 이 광경을 본 바다는 비로소 금오의 마음을 알 수 있었어요.

바다는 금오의 이야기를 잘 들어 보기로 하였어요. 엄마 아빠의 모습을 찾을 수 없었으니 더욱 금오에 대한 애정이 생겼어요.

'금오가 오늘 오겠네. 오늘 오면 물어봐야겠어!'

바다는 기다림이 생겼어요. 그 기다림은 행복한 것이었어요. 바다는 갈매기에게 말했어요.

"갈매기님, 금오가 온다고 하네요. 금오에게 무엇을 해 주면 좋을까요?"

바다의 말에 갈매기는 날개를 펴 보이며 말했어요.

"바다님, 금오는 가끔 나에게 말을 해요. 아주 작은 소리로 아빠 엄마가 있는 저 별로 갈 수 있는지 알면 알려 달라고요."

갈매기의 말에 바다는 '저 별에 아빠 엄마가 있나 보구나.' 하고 생각했어요. 갈매기의 말을 들은 바다는 이제 금오의 마음을 알 것 같았어요. 바다는 힘차게 다짐을 했어요.

"철썩철썩"

갈매기는 바닷가 모래 위에 앉아 놀고 있었어요. 소라게가 발자국을 남기고 걸어가고 햇살은 그 자국마다 내려앉아 수다스러운 빛의 노래를 부르며 놀고 있었지요. 햇살을 따라 걸어오는 금오의 발걸음 소리는 작은 모래 속으로 스며들며 온 바다 끝까지 소문을 내며 퍼져 나갔어요.

"금오가 온다! 금오가 온다!"

바다의 수군거림은 철썩이며 더욱 즐거운 노래를 불렀어요. 금오가 바닷가 모래 위에 다다르자 바다는 갈매기 날개에 앉아 속삭였어요.

"갈매기님, 바다인 내 목소리가 너무 커 금오에게 전해지지 못할 것 같아요. 갈매기님의 입을 빌려 금오에게 말하려고 해요. 허락해 주세요."

갈매기는 바다의 부탁에 기쁜 마음으로 대답했어요.

"바다님, 저는 얼마든지 좋아요. 바다님이 금오에게 말을 하면 저는 행복하게 듣고 볼 수 있잖아요."

갈매기의 허락을 얻은 바다는 기쁨에 넘친 모습으로 햇살에 더욱 빛나 파란빛으로 갈매기 위에 있었지요. 하지만 그 모습은 아무도 볼 수 없었어요. 오직 갈매기 날개 위 아름다운 빛 하나가 있을 뿐이었지요. 바다는 설레는 마음으로 금오에게 다가갔어요.

"금오야, 나는 바다야. 갈매기의 입을 빌려 말하고 있는 거야. 내 목소리는 너무 커 들을 수가 없어. 나는 밤마다 우주 친구들과 이야기하지. 우리의 말은 서로에게 안정과 기쁨을 준단다. 그 말들이 하나둘 우주로 퍼져 나가 모든 생명에게 필요한 꿈과 희망, 자유의 에너지가 되는 거야. 금오에게 이야기하는 것은 네가 나에게 와서 꿈을 키워 가는 것을 보았기 때문이야."

금오는 갈매기의 말을 듣고 생각했어요.

'아, 갈매기도 바다도 내 말을 듣고 있었구나!'

금오는 한참을 생각에 잠긴 듯하더니 말했어요.

"갈매기님, 아니 바다님! 그럼 바다님은 우주의 모든 별들과 이야기를 나눌 수 있나요?"

바다는 금오의 말에 행복한 미소를 머금고 말했어요.

"금오야, 나는 아주 오래전 이곳에서 살게 되었지. 내 친구들은 모두 저 우주의 별이 되어 살고 있어. 알고 싶은 것이 있으면 내가 아는 것을 다 말해 줄게. 그리고 내가 모르는 것은 저 우주 친구, 별들에게 물어보면 돼."

금오는 바다의 말을 듣고 너무도 기뻤어요. 금오는 생각했어요.

'저 별에 갈 수 있을지도 몰라. 그러면 엄마 아빠를 만나게 될 거야!'

금오는 바다에게 말했어요.

"바다님, 저 하늘 높이 엄마 아빠가 살고 있어요. 엄마 아빠를 보고 싶어서 나는 공부해요. 공부하면 우주선을 만들 수 있고, 그러면 우주선을 타고 저 별에 갈 수 있잖아요."

금오의 말을 듣고 있던 바다는 그만 눈물이 났어요. 그러자 갈매기의 눈에도 눈물이 흘렀어요. 갈매기 위에는 파란빛이 한없이 밝게 빛나서 금오를 감싸고 있었지요.

"금오야, 너의 말이 맞아. 공부를 열심히 하면 저 별에 갈 수 있어. 저 별에는 수많은 이야기가 있지. 우주의 내 친구들이 들려주는 이야기는 늘 재미있고 행복하단다. 앞으로 금오 하고 많은 이야기를 하면서 지내면 우주의 모든 친구도 즐거워할 거야. 내 친구들도 소개해 줄게."

금오는 바다가 들려주는 이야기에 너무 행복했어요. 금방이라도 아빠 엄마를 만날 수 있을 것 같았어요. 바다와 금오의 이야기는 햇살도 바람도 모두 듣고 모두 함께 즐거워했어요. 바다는 갈매기에게 말했어요.

"갈매기님, 고마워요! 갈매기님 덕분에 금오와 즐거운

이야기를 했어요. 이 모든 것이 갈매기님 덕분이에요."

갈매기는 바다의 말에 오히려 미안해했어요.

"아니에요. 바다님 덕분에 이 갈매기가 늘 행복하잖아요. 바다님 덕분에 나는 언제나 풍요롭고 즐거운 날들을 보내며 살고 있잖아요. 언제든지 바다님의 곁에 있겠어요. 그래야 금오와 함께 재미있는 시간을 보낼 수도 있으니까요."

갈매기는 그렇게 말하며 크게 웃었어요. "끼르륵 끼륵"

갈매기는 커다란 날개를 펴고 햇살이 내리는 하늘을 향해 부끄러운 듯 올라갔어요. 금오도 신이 나서 산언덕 작은 집으로 달려갔어요. 산에서 바라본 바다의 몸집은 너무나 컸어요. 하지만 금오에게는 밝은 빛으로 다가왔지요. 집 앞에 이르자 금오는 커다란 둥근 원을 그리며 바다에게 작별의 인사를 하였지요.

"할아버지 할머니, 다녀왔습니다!"

큰 소리로 인사를 하고 방으로 들어온 금오는 책상에 앉아 오늘 이야기를 적었어요. 우주로 여행을 가고 나면 아빠 엄마처럼 연락이 되지 않을지도 모르니까요. 금오의 일기장 속에는 엄마 아빠에게 보내는 편지로 가득했어요. 하지만 누구에게도 보여 주지 않았어요. 엄마 아빠를 만나면 전해 줘야 하니까요. 오늘처럼 기쁜 날은 금오에게 중요한 것이니까요.

바다님과 만남으로 금오는 더 큰 꿈을 가진 소년이 되었어요. 이제 금오는 확신이 섰어요. 저 별에 갈 수 있다는 확신이 금오를 행복하게 했어요. 노을이 물든 바다는 금오의 상상력을 더 키워 주었지요. 금오는 밖으로 나와 다시 한번 바다에게 커다란 원을 그리며 고맙다는 인사를 했어요. 그날 밤바다는 안개로 금오를 찾아왔지요.

"금오야!"

바다가 부르는 소리에 금오는 반가워 대답을 했어요.

"아, 바다님!"

바다 안개는 커다란 안개를 바람에 휘날리며 금오에게 말을 했어요.

"오늘 우주의 내 친구들이 금오와 함께 이야기를 나누기로 했어. 금오를 보고 싶어 하거든. 나하고는 아주 오랜 친구들이지. 저 별들마다 모두 바다처럼 커다란 몸으로 살고 있어서 그 존재를 잘 알지 못하는 거야. 내 친구들은 언제나 꿈을 말하고 희망을 가꾸고 있지."

바다님의 이야기를 듣고 있던 금오는 꿈을 꾸는 기분이

었어요.

'아니, 내가 바다님과 말을 하고 바다님의 우주 친구들과 이야기를 한다고? 누가 믿을까!'

금오는 이런 생각을 하면서 바다님에게 말했어요.

"바다님, 정말 저 별님들과 이야기할 수 있나요?"

바다는 즐거운 듯 파란빛을 내며 말했어요.

"금오야, 나는 늘 행복을 나누는 삶을 살고 있단다. 언제나 진실함을 양식으로 삼고 살지. 그리고 늘 깨끗함으로 세상을 씻어 내고 있어. 오늘 우주의 친구들이 내려오면 금오도 나처럼 친구가 되는 거야!"

바다님의 말을 듣고 있던 금오는 가슴이 설레기 시작했어요. 금방이라도 아빠 엄마가 금오 앞에 나타나 금오를 안아 줄 것 같았어요.

"바다님, 오늘 너무 행복해요. 너무 행복해서 어떻게 해야 할지 모르겠어요. 나와 저 별들이 친구가 된다고요? 믿을 수 없어요."

금오의 말에 바다는 조용히 금오를 바라보며 말했어요.

"우리 모두는 아주 오래전부터 알고 지냈던 사이란다. 하지만 서로의 얼굴을 잊어버리고 살아가고 있지. '금오가 태어나기 전에 누구였을까?' 만약 금오가 그 답을 알고 있다면 우리 모두는 언제나 함께한다는 사실을 인정할 거야.”

그러나 금오는 그 말을 알지 못하였지요. 아니, 이해를 하지 못한 것이에요. 금오가 바다의 말을 듣고 있는 동안 밤하늘 별들이 빛을 내고 있었어요. 별빛은 점점 밝게 다가오며 금오의 작은 집으로 들어왔어요. 산언덕 작은 집에는 커다란 별 하나가 생겼어요.

“안녕! 금오야, 우리는 저 우주의 별이란다. 바다에게 금오 이야기를 듣고 보고 싶어서 모두 내려왔지. 금오가 우리와 친구가 되어 준다면 이제 우리는 언제나 금오와 함께할 수 있지. 금오야, 친구가 되어 줄 거지?”

별들의 말에 금오는 큰 소리로 대답했어요.

“네!”

‘오늘처럼 행복한 날이 또 올까?’ 하는 생각까지 들었지요. 금오의 표정을 바라본 바다와 별들은 한없는 기쁨으로 더 밝은 빛을 온 세상으로 보냈어요.

세상은 기쁨과 행복으로 가득하여 집집마다 웃음꽃이 피어났지요.

“바다님, 별님, 금오는 엄마 아빠가 계신 별에 가고 싶어요. 저 별에 가야 하는데, 언제 갈지 알 수 없지만 꼭 갈 거예요."

금오의 다짐을 듣고 있던 별님들이 생각했어요.

'금오! 아빠 엄마를 찾아봐야겠네. 우리가 수소문하면 알 수 있을 거야. 금오를 기쁘게 해 주면 좋겠어.'

별들은 금오에게 말했어요.

"금오야, 별은 아주 먼 곳이지만 사실은 그렇게 먼 곳이 아니야. 저 별에 가는 방법이 문제인 거지. 우리가 너를 찾아오는 것과 같아. 열심히 공부하면 점점 가까워지는 거지. 금오는 분명히 해낼 거야. 금오에게는 이제 친구가 많이 생겼잖아!"

금오는 별님들 말에 힘이 솟아났어요. 금오는 그동안 말하지 않았던 엄마 아빠에 대하여 바다님과 별님에게 말하기 시작했어요.

"우리 엄마 아빠는 과학자였어요. 엄마 아빠는 함께 별나라 구경을 하기로 마음먹고 연구를 시작했어요. 내가 아주 어려서 기억이 잘 나지 않지만, 언제나 나에게 들려주었어요. 별들에 대한 이야기를. 엄마 아빠가 저 별에 올라가 집을 짓고 금오를 우주비행사로 만들어서 함께 우주여행을 할 거라고요. 저 별들에는 아름다운 꿈동산이 있어서 언제나 기쁨과 즐거움으로 모두가 평화롭고 행복한 삶을 살 거라고도 했어요. 수많은 별 중에 저 별이 가장 빛나고 있으니 저 별에 집을 짓고, 금오는 비행사를 하고, 아빠는 우주선을 지키고, 엄마는 집안일 하고, 금오가 씩 씩하게 살아가도록 하겠다고 밤마다 속삭이며 말했어요."

금오 말에 모두 고개를 끄덕였어요. 금오는 다시 이야기를 시작했어요.

"어느 날 엄마 아빠가 말했어요. '금오야, 오늘 아주 중요한 실험을 할 거야. 그런데 그 실험은 위험해서 너와 함께할 수 없단다. 혹시 실험에서 돌아오지 못하면 금오가 커서 엄마 아빠를 찾으러 와야 한다. 알지?' 엄마 아빠가 밤마다 이야기한 저 별, 엄마 아빠는 별에 대한 이야기로 언제나 행복해했어요. 그런데 저 별은 언제나 보이는 것이 아니에요. 하지만 특별한 사람에게는 구름이 있어도 비가 오고 눈이 와도 저 별은 언제나 그 자리에 있었어요. 정말 신기해요. 할아버지도 할머니도 모를 거예요. 그리고 엄마 아빠가 실험하기로 한 그날, 금오에게 말했어요. '금오야, 엄마 아빠가 두고 갈 것이 있어. 반드시 기억하고 있어야 한다. 금오가 공부해서 봐야 하는 거야. 엄마 아빠가 돌아오지 못하면 금오가 찾아와야 하는 거야. 저기 커다란 바다색으로 있는 책, 엄마 아빠 일기야. 그동안 연구하고 알아낸 것, 모두를 기록했지. 잊지 말고 엄마 아빠가 성공하기를 함께 기도해 주렴. 그리고 할아버지 하고 할머니가 오늘 오실 거야. 오늘이 아빠의 생일이야. 그래서 엄마 아빠는 할아버지와 할머니에게 연구한 것을 보여 주기로 한 거야. 할아버지 할머니에게 편지도 써 놓았지. 금방 다녀올 거야. 금오야, 놀고 있어!' 확신에 찬 엄마 아빠는 저를 안아 주고 실험실로 들어갔어요. 그리고 실험실 안에서 빛이 새어 나오고 빛은 하늘 높이 올라 갔어요. 방 안 가득한 빛은 한참을 무지갯빛을 내고 있다 가 사라졌어요. 그때 할아버지와 할머니가 들어오시면서 말씀하셨어요. '아니 웬 집안에 빛이 이렇게 밝은 거야?' 할아버지와 할머니의 목소리가 들려왔어요. 그때야 저는 자리에서 일어나 할머니 품 안에 안겼어요. '엄마 아빠가 저 별에 갔다 온대요.' 제 말에 할아버지 얼굴에서 작은 주름 하나가 움직였어요. 그리고 실험실 방으로 들어갔 어요. '아니, 아무도 없네! 방이 아주 깨끗한데, 연구를 한 다고 하더니 아무것도 없네.' 하시며 방을 나오셨어요. 할 머니에게 기대어 놀고 있는 금오는 아무것도 모르고 있 었지요. 한참을 기다리던 할아버지가 뭔가를 발견하였어 요. 편지였어요. 편지를 읽어 가시는 얼굴에 또다시 작은 주름 하나가 흔들렸어요. '아!' 할아버지는 말이 없으셨어요. 그리고 말없이 금오를 데리고 산언덕 작은 집으로 오셨어요. 금오가 세 살이었지요. 그리고 저기 저 방 열쇠가 있는 곳에 엄마 아빠의 책과 모든 것을 넣어 두시고 매일 엄마 아빠를 기다리고 있어요."

금오의 이야기를 듣고 있던 바다와 별들이 함께 소리쳤어요.

"아, 그날이다! 그래, 그날이야. 그때 정말 기쁨에 넘치는 날이었지. 그처럼 밝은 빛은 보기 힘든 일이었거든. 우리 별들이 아주 오랫동안 세상에 머물렀지만 그와 같은 날은 몇 번 없었어. 모두 기쁨이 가득한 날들이었지. 엄마 아빠가 금오에게 선물을 주려고 기다리는가 보다."

바다와 별님들은 금오에게 커다란 희망을 심어 주었어요.

금오는 확신했어요.

'이제 엄마 아빠를 만날 수 있는 날이 가까워졌나 봐!'

금오의 표정을 바라본 바다와 별님들은 금오의 공부를 돕기로 했어요. 바다는 바다의 반짝이는 파란빛들을 모아, 별님들은 하늘의 은빛 별빛을 모아, 금오에게 이야기를 들려주었어요. 금오의 확신은 점점 커 갔어요. 밤마다 별을 쳐다보며 이야기를 들었어요. 낮에는 바다에게 이야기를 듣고 많은 것을 알게 되었어요. 금오에게는 많은 지식과 지혜가 쌓여 갔지요. 금오가 커갈수록 할아버지와 할머니는 움직임이 점점 적어졌어요. 금오는 생각했어요.

'빨리 공부해서 할아버지와 할머니랑 우주여행을 할 거야. 아빠 엄마를 만나서 지난 일들을 이야기해야지!'

생각하면 생각할수록 기쁜 마음이 더해졌어요.

'산언덕 작은 집. 이 산속으로 나를 데리고 오신 할아버지와 할머니는 무슨 마음이었을까?'

금오는 궁금했어요. 하지만 아직 해야 할 일이 있다는 것을 알고 있었지요. 저 멀리 시장을 다녀오실 때면 늘 신문 하나를 들고 오시는 할아버지는 언제나 낡은 신문 하나를 곁에 두고 있었어요. 너무 낡아 색이 바래 갈색으로 변한 신문에는 커다란 두 명의 사진이 있었지요. 엄마 아빠의 사진이에요. 할아버지의 유일한 책인 거예요. 활짝 웃고 있는 사진 속에는 커다란 글씨가 새겨 있었어요.

[올해 '세계가 뽑은 과학자상' 수상자 부부 과학자]

금오의 머릿속에는 수많은 그림이 담겨 있어요. 엄마 아빠가 보여 준 그림들이 머릿속에서 춤추듯 이리저리 빛을 내며 놀고 있어요. 금오는 생각했어요.

'내가 우주비행사가 되면 할아버지도 할머니도 힘이 나겠지. 그러면 걸음걸이도 빨라질 거야. 우주선을 만들어 볼까?'

금오는 더 이상 망설이지 않기로 하였어요. 이제 모든 준비가 되었어요. 바다와 별님들에게도 말했어요, 바다와 별님들도 금오의 말에 찬성했어요. 이제 남은 일은 엄마 아빠의 일기장을 보는 것이었어요.

'어떻게 할아버지에게 말을 하고 문을 열어 달라고 할까?'

금오는 고민에 빠졌어요.

'아직 어린 내가 우주선을 만든다고 하면 뭐라고 하실까?'

하지만 금오는 망설일 수 없었어요. 할아버지가 계신 방으로 들어갔어요.

"할아버지, 우주선 만들어 봤어요?"

할아버지의 눈에서 빛이 났어요.

"너의 아빠와 같은 소리를 하는구나! 아빠가 너만 할때 할아버지에게 물었지. '아빠, 우주선 만들어 봤어요?' 하고 말이야. 이제 금오 네가 묻는구나!"

할아버지 말을 듣던 금오는 신이 나서 말했어요.

"엄마 아빠가 보여 주던 그림처럼 우주선을 만들어 보면 어떨까 생각해 보았어요. 엄마 아빠 그림들이 이제 선명하게 떠올라요. 할아버지, 엄마 아빠 일기장을 보고 싶어요. 엄마 아빠가 꼭 공부 많이 하고 보라고 했는데요."

할아버지는 아무 말 없이 금오를 바라보며 신문을 내밀었어요. 엄마 아빠 사진이 있는 신문에는 작은 종이 주머니가 만들어져 있었어요. 신문을 접고, 접어 만든 주머니 속에서 아주 반짝이는 열쇠 하나가 나왔어요. 그동안 할아버지가 신문을 놓지 않은 이유를 이제야 알게 되었어요.

2. 빛의 고향을 세우자

산언덕 작은 집에는 새로운 희망이 자라고, 그 자라난 잎마다 아침 이슬이 영롱한 빛을 내기 시작하였어요. 이제 금오의 꿈은 꿈이 아닌, 현실로 나타나기 위한 성취의 빛으로 커져만 갔어요. 오랫동안 봉인되었던 아빠 엄마의 기록들이 서서히 밝은 빛으로 금오를 일으켜 세워 주고 있었지요. 엄마 아빠의 음성이 또렷이 들리고 얼굴이 확연하게 보이기 시작하면서 금오의 모습은 점점 엄마 아빠의 진지하고 자상한 모습을 닮아가는 듯했어요. 금오가 속삭이며 말했어요.

'바다님, 별님, 이제 우주를 향한 엄마 아빠의 이야기들이 하나둘 되살아나고 있어요. 일기장마다 그려진 그림들이 내 머릿속에 그려진 그림과 같아져요. 엄마 아빠가 보여 주던 그림들이 생생하게 떠올라 저 별을 향한 행진을 하고 있어요.'

하루하루 금오의 우주여행에 대한 관심과 열정이 더해질 때마다 작은 집에서는 생명의 탄생이라도 알리려는지 특별한 일들이 계획되고 있었지요. 바다는 금오를 위한 바다의 빛을 모아 쌓아 두고, 갈매기도 모래 하나둘을 물고 와 금오에게 가져다주었어요. 별님들도 에너지를 모아 가끔 별똥별에게 실어 보내 주었어요.

'바다님, 갈매기님, 별님, 별똥별님 정말 감사합니다! 꼭 우주여행을 할 우주선을 만들어서 엄마 아빠를 만나 모두에게 은혜를 갚겠어요.'

금오의 다짐이 모두에게 전해졌어요. 바다, 갈매기, 별님, 별똥별에게도 금오의 다짐은 커다란 기쁨이 되었어요. 금오는 매일매일 엄마 아빠의 일기장 속으로 들어갔어요. 일기장에서는 알 수 없는 빛이 흘러나오고 그 빛 속에는 늘 엄마 아빠가 있었지요. 무지갯빛으로 이루어진 그림 속에서는 똑같은 것이 없고 늘 변화하며 금오를 이끌어 주었어요. 일기장 속에서는 눈과 귀와 코와 혀와 몸을 그리고 이것을 알아차리는 생각까지 하나하나 이끌어 주는 알 수 없는 빛의 문이 열려 있는 것 같았어요. 금오의 귀에는 소리가 끊임없이 들려왔고 눈에서는 익숙한 그림들이 보이고 코에서는 세상의 모든 향기를 맡으며 입에서는 허공 중에 수많은 맛을 맛보며 몸에서는 오고 가는 에너지의 흐름까지도 알아차렸어요. 이 모든 것을 다 알고 있는 또 다른 생각은 금오를 더욱 성장시켜 가고 있었지요. 그러면 그럴수록 금오의 주변에는 더 밝은 빛들이 모여들었지요. 바다의 빛 에너지와 갈매기의 모래알 에너지, 별님들의 희망 에너지들이 하나둘 쌓여만 가고, 그림을 따라 모양이 나타나기 시작하는 것 같았어요. 금오는 일기장을 보다가 생각했어요.

'오늘은 바다에 나가 놀다 와야겠네.'

바다를 향한 금오의 몸짓은 예전과 달랐어요. 움직임이

자유롭고 걸음마다 가벼워 마치 허공을 날아가는 듯 걸어가고 있었어요. 하지만 금오 자신은 그 사실을 알지 못하였어요.

바닷가에 선 금오가 큰 소리로 외쳤어요.

"아, 아름다운 무지갯빛 세상! 이 모든 것이 바다님의 공덕이에요. 저 별님들의 공덕이고요. 갈매기와 별똥별의 공덕이에요. 금오는 오늘에야 이 모든 세상이 위대한 빛으로 이룩된 것임을 알았어요. 저 철썩이는 파도의 노래, 윙윙거리는 바람의 노랫소리, 갈매기의 노래, 소라게의 발소리와 발자국마다 놀고 있는 햇살의 수다, 노랫소리도 모두가 빛이라는 것을 이제야 알았어요. 아빠 엄마의 얼굴이 다가오고 있는 걸 느껴요. 나는 금오함선을 만들어 우주 끝까지 가서 더 많은 이야기들을 실어 나르는 우주비행사가 될 거예요. 엄마 아빠가 들려준 이야기들이 하나둘 모양을 나타내고 있어요. 모두 바다님과 갈매기, 별님과 별똥별 덕분이에요. 오늘 금오는 너무 신이 나요. 저 산도 모두 알고 있어요. 그리고 저 해님도 금오에게 힘이 되어 박수를 보내고 있잖아요. 이 아름다운 햇살로 말하고 있어요. 이제 모든 준비가 하나둘 갖춰지고 있어요. 모두 여러분 덕분이에요."

금오의 큰 소리에 바다도 갈매기도 별님도 해님도 별똥별도 바람도 산들도 모두 금오에게 따뜻한 미소를 보내 주었어요.

바다가 말했어요.

"금오야, 이제부터 시작이란다. 모든 것은 항상 겸손함으로 나가야 해. 검소함을 재료로 써야 하는 거지. 그 빛 속에 위대한 어우러짐이 탄생한단다. 나는 수 없는 세월을 살아왔지. 그 세월이 나에게 가르쳐 준 것은 지식도 지혜도 아니란다. 늘 겸손하라는 것이었지. 나는 보았단다, 겸손과 검소함으로 탄생하는 빛을. 위대한 빛이었지! 그 빛은 영원한 여행을 하며 꺼지지 않는 불멸의 사랑 노래가 되고 불멸의 꽃이 되며 불멸의 향기가 되며 불멸의 맛이 되고 불멸의 부드러움이 되며 불멸의 희망이 된단다. 이 빛의 여행은 불멸의 여행자들을 인도하며 불멸의 세계를 가꾸어 가지. 우리 모두는 그 불멸의 빛을 에너지 삼아 이렇게 지탱하며 서로에게 이익을 주고 있는 것이지. 저 별님들도 나와 같이 지내 오면서 불멸의 빛을 에너지 삼아 왔단다."

별님도 금오를 향해 격려의 이야기를 해 주었어요.

"바다님의 이야기가 틀림없단다. 우리는 늘 불멸의 노래를 듣고 불멸의 아름다움을 보며 불멸의 향기를 맡고 불멸의 맛을 보고 불멸의 부드러움을 느끼고 불멸의 생각을 알고 언제나 불멸의 빛 에너지를 받으며 살고 있지. 우리들 모두가 불멸의 겸손과 불멸의 검소함으로 그 가르침을 행하고 있단다. 그러한 까닭에 수억 광년의 세상을 불멸의 빛 덕분으로 있는 것이란다. 하지만 우리도 언젠가는 무너지고 흩어져 또다시 모양을 갖추는 특별한 일을 해야겠지. 금오의 용기 있는 결심으로 수많은 아이들의 꿈이 이루어지고 그 꿈은 불멸의 꿈으로 남게 될 테지. 우리는 금오의 이야기를 전하는 특별한 이야기꾼으로 머물지도 몰라!"

별님의 불멸의 이야기를 듣고 있던 금오에게 엄마 아빠의 말씀이 떠올랐어요.

'금오야, 우리는 불멸의 빛을 따라 여행을 해야 한다. 오직 그것만이 우리의 여행을 완성해 줄 유일한 나침반이란다. 잊지 말아야 한다. 꼭 기억해야 할 중요한 것이란다.'

엄마 아빠의 말씀을 기억해 낸 금오가 말했어요.

"별님은 우리 엄마 아빠와 똑같은 말씀을 하네요. 우리

아빠 엄마도 불멸의 빛을 따라 여행하라고 하셨어요. 꼭
그렇게 해야 한다고 하셨어요."

금오의 눈에는 눈물이 고였어요. 갈매기도 눈가에 눈물
이 맺혔어요. 바다와 별님도 해님도 모두 아침 이슬같이
영롱한 눈물이 반짝거렸어요. 바다가 철썩철썩하며 응원
을 하고 갈매기는 끼룩끼룩하며 박수를 쳤어요. 별님과
해님은 더 밝은 빛으로 응원을 하고 산과 들 모든 생명들
은 커다란 음성으로 노래를 불렀지요. 바람이 전해 준 노
래가 철썩이는 바다의 노래와 어우러져 멋진 하모니를
이루고 있었어요.

　우리는 숲속 작은 벌레
　빨주노초파남보 모두가 우리들의 몸과 마음 바다와 별님
이 불러 주는 불멸의 노래
　먹고 사는 우리는 숲속 작은 벌레
　빨주노초파남보 우리는 불멸의 빛으로 살아가는 숲속 작
은 벌레.

　또 다른 노래가 들려왔어요.

바람을 따라 춤추는 나는 산의 푸른 나뭇가지

잎마다 푸르른 저 불멸의 빛 노래 따라 춤을 추지요

봄 여름 가을 겨울 우리는 불멸의 공덕

순환의 옷을 입고 벗으며 빛의 축제를 하지요

봄에는 연둣빛 고운 빛 단장하고

여름이면 짙은 초록으로 가을이 오면 아주 엷은 연둣빛으로 돌아가

그 연둣빛에서 빨주노초파남보의 빛으로

순수의 시간 불멸의 빛을 찬양하는 위대한 성취 흘러나오네

우리는 불멸의 빛으로 춤추고 노래하는 위대한 산에서

봄 여름 가을 겨울 쉬지 않는 무지갯빛 축제를 하지요

나뭇가지의 노래가 끝나자 또다시 계곡 물소리 노래가 들려왔어요.

나는 불멸의 노래를 전하는 전령사

남쪽으로 행하며 불멸의 공덕을 전한다네

나의 길은 무지갯빛, 불멸의 빛이 인도를 하고

굽이치는 땅마다 평등의 이치 전하고 있다네

내 몸 스쳐 지나는 곳마다 불멸의 노래 새겨지고

푸른 숲과 작은 벌레도 내 불멸의 노래를 듣고 즐거워한다네

바위는 춤을 추고 하늘은 내려와 내 속에 앉아 쉬고

흰 구름 덩달아 내 속을 걸어간다네

숲의 나무도 풀잎들도 내 곁에 다가와 청정한 목욕을 하고 가네

나는 불멸의 노래 전령사

빨주노초파남보 일곱 빛깔 노래를 부르며 남쪽으로 간다네

바다로 강으로 향하고 바다로 나아가고 또다시 하늘 높이 날아올라

무지개 그려 놓고 불멸의 빛으로 노래한다네

빨주노초파남보 축복의 언어, 위대한 불멸의 노래!

이 땅의 위대한 생명의 노래로 남겨 두소서

바다와 별님의 무량수 위대한 성취

공덕으로 이끌어 주시고 저 넓은 아량으로

자유로운 여행자에게 불멸의 시간과 공간을 제공하소서

오늘 물소리 공덕 전령사는 불멸의 노래 전하며

위대한 임들을 칭찬하오니 불멸의 노래 끊임없게 하소서!

계곡 물소리 이야기 노래가 끝나자, 이번에는 바람의
이야기 노래가 들려왔어요.

　　나는 바람, 자유로운 여행을 하네

　　산과 들, 나무와 풀을 깨우며

　　가끔 잠들면 햇살이 나를 깨워 불멸의 노래 전하라 하지

　　별빛 달빛을 따라 햇살 고운 노래를 부르지

　　때로는 부드럽게 때로는 거칠게

　　나의 노래는 언제나 살아 움직이는 오선지 위 리듬이라네

　　나, 바람이 지나는 곳에는

　　언제나 꿈틀대는 생명의 노래가 흐른다네

　　빨주노초파남보 위대한 생명의 노래 들려줄 때마다

　　생명의 존중 일깨우고

　　물질의 나눔 함께하며 청정한 생활 엮어 내고

　　진실한 언어, 위대한 희망 하나 불멸의 언덕을 그려 내고

　　청명한 음식으로 맑은 정신 이어지도록 하네

　　나는 바람, 불멸의 빛 전하는 전령사

　　내가 지나는 곳마다 꽃 피고 지며 위대한 불멸의 진리 노
래하네

　　나는 바람, 불멸의 노래 전하는 바람!

바람의 이야기 노래가 끝나자 새들의 합창이 들려왔어요.

날마다 오고 가는 아름다운 이야기
쌓이고 쌓여 아름다운 숲을 만들었다네
우리 노래는 바다의 노래 별님의 노래
생명의 노래 전하는 사랑의 언어라네
친구여! 모든 생명이 이 노래 듣고 모두 행복하소서!
날마다 기도하는 저 별빛 파란 하늘은 바다의 기도
억만 광년 사랑의 이야기 여기에 왔네
자유와 평화, 위대한 공덕
우리는 자유의 노래, 평화의 노래 골고루 나누는 평등의 전령사
저마다 평등한 노래를 들려준다네
새벽의 노랫소리 아침을 깨우고 저녁의 합창 고요를 부르네
우리는 바다의 노래, 별님에 노래 전하는 사랑의 전령사
산과 들 모든 생명 푸른 잎마다
우리의 노래 따라 춤을 추고 노래를 하네!

새들의 합창은 금오의 마음을 더욱 활짝 열어 주었어요. 온갖 이야기들이 쉴 없이 들려오고 그 소리는 모두 이 땅의 아름다움과 우주의 쉴 없는 이야기로 가득했어요. 금오는 기대를 하고 있어요.

'엄마 아빠 소식이 오지 않을까?'

하지만 크게 기대는 하지 않아요. 금오는 자신이 우주선을 타고 갈 것을 계획하고 있었거든요. 금오의 계획은 아주 차분하게 진행되고 있었어요. 물론 바다님과 갈매기님, 별님의 도움으로 말이에요.

우주 저 멀리에서도 이야기가 들려왔어요.

나는 수억 광년의 아름다운 별
위대한 생명의 노래 부르며 살아간다네
나고 죽는 일과 즐겁고 행복하고
변화하는 것 모두가 진실한 즐거움이라네
아는가 움직이는 모든 것이 즐거움이요
바라보고 듣는 것이 사랑이라네
나는 수억 광년의 아름다운 별
나의 노래 끝없이 흘러 나가면 그 끝과 시작은 아무도 모르네

불멸의 사랑은 나에게 유일한 행복

나는 불멸의 사랑 노래 수억 광년을 노래했다네

내 노래 메아리 되어 돌아오는 날

나는 수억 광년이 지나도 맞이할 수 없을 것이네

나는 위대한 사랑 노래 언제나 부르지

나는 수억 광년의 사랑이라네

나는 수억 광년의 아름다운 별이라네

나의 노래는 언제나 무지갯빛 향기와 빛으로 울려 퍼진다네

빨주노초파남보 위대한 전령사

나는 수억 광년의 아름다운 별!

수억 광년 아름다운 별의 이야기가 들려올 때 금오는 그 속에서 확신을 얻었어요.

'아, 엄마 아빠의 아름다운 소리가 섞여 있어!'

수억 광년 아름다운 별 이야기를 듣고 있으니 금오는 어린 시절의 모습이 떠올랐어요.

'금오야, 별의 노래가 들리니? 저 별들의 소리가 들리겠지! 너는 아름다운 우리들의 별이잖니, 저 별들의 소리가 들리거든 엄마 아빠에게 알려 주어야 한다!'

그럴 때마다 금오에게는 알 수 없는 소리가 섞여 들려

왔어요. 수억 광년 아름다운 별 이야기에 엄마 아빠의 소리가 섞인 것처럼, 바닷가에는 수많은 이야기들이 모래 위로 쌓이고 있었어요. 하나둘 쌓여 가는 모래 위에는 바람도 따라 쌓여 가고 온갖 아름다움이 반짝이며 빛나고 있었어요.

하늘도 땅도 모두가 꽃 빛이에요.
나는 바다를 지키는 갈매기
저 하늘 높이 날아올라 별을 지키는 수호신
나는 갈매기, 축복의 전령사
내가 날아오르면 별님도 축복하고
내가 바닷가 모래 위에 앉으면
바다는 철썩이며 축복의 인사를 하지요
나는 바다와 하늘의 전령사
나는 갈매기, 위대한 전령사
오늘 금오를 위한 우리들의 노래
나는 모두 듣고 안다네
파도가 춤을 추고 별들이 노래하는
나는 축복의 전령사!

금오는 새삼 놀라움을 가지게 되었어요.

'아, 이 모든 것이 우리의 친구이고 위대한 노래, 아름다운 희망의 꿈이었어!'

금오가 서 있던 자리에는 금빛 모래가 수북하게 쌓여 있었어요. 바다도 별님도 갈매기도 모두 이 모든 광경이 잠깐 사이에 일어난 일임을 알고 있었지요. 하지만 금오의 자리에 쌓여 있는 금빛 모래는 이 모든 것이 진실임을 이야기하고 있었어요. 이제 금오는 저 언덕을 향해 걸어가고 있었어요. 모두에게 인사를 하고 말이죠. 금오가 지나는 곳마다 꽃은 아름답게 피어나고 바람이 스칠 때마다 온갖 이야기들이 쏟아지듯 흘러나와 퍼지고 있었어요.

금오가 언덕 위 작은 집에 도착하자 작은 집에서도 자유와 평화의 노래가 골고루 울려 퍼지는데, 그것은 평등의 노래를 부르듯 멀지도 가깝지도 않았으며 크고 작고의 분별이 없었어요.

금오에게 이 모든 것은 우주선 금오함선을 만들어 가는 커다란 재료가 되는 것이었지요.

"금오야!"

할머니의 목소리가 들려왔어요.

"예!"

금오의 대답은 아침 이슬처럼 맑게 울려 퍼졌어요.

"오늘은 일찍 밥을 먹고 할아버지에게 별의 노래를 들어 보자!"

할머니의 말씀에 금오는 궁금한 마음이 생겨났어요.

'무슨 일이 있나?'

저녁을 먹고 할머니의 말씀을 따라 할아버지에게 별의 노래를 불러 달라고 하였어요.

할아버지는 금오를 쳐다보며 "음, 오늘은 별의 노래를 불러야지. 특별한 날이잖아!"

할아버지의 말에 금오는 무슨 일인가 했어요.

"할아버지, 오늘 무슨 날이에요?"

할아버지는 금오를 바라보면서 "그래, 오늘은 아주 특별한 날이란다. 아주 특별한 날이지!"

할아버지는 조그만 속삭임으로 노래를 부르기 시작했어요.

저 하늘 행성마다 축복의 기도가 있네
내 고향 수천억 광년 아름다운 별

나는 위대한 별의 자손, 끝없는 여행을 하네

저 별들의 이름마다 축복의 언어 담겨 있고

날마다 축복의 언어 빛으로 펼쳐지네

나는 축복의 별 수천억 광년 아름다운 별 위대한 자손이
라네

나는 알고 있다네. 이 땅의 별들에 축복 위대한 바다의 노
래를

나는 이 언덕 작은 집 특별함 너무도 잘 알고 있다네

나는 위대한 수천억 광년 아름다운 별 후손이라네

할아버지의 노래는 반복되고 반복되면서 마치 하늘을
날아오르는 듯 경쾌한 노래로 퍼져 갔어요. 금오는 할아
버지의 이런 모습을 처음 보았어요. 할아버지의 노래를
들으며 할머니를 바라볼 때마다 할머니는 알 수 없는 기
쁨으로 가득하였지요.

이 특별한 노래가 지속되는 동안에 언덕 작은 집은 조
금씩 그 모습이 변하여 가고 있었지만 금오는 알아차리
지 못하였어요. 노래가 울려 퍼져 나갈 때마다 언덕 위 작
은 집은 저 먼 하늘 별들에게 다가서며 끝없는 비행을 하
는 것이었어요.

이 모든 것이 할아버지의 노래가 지속되는 동안에 이루어졌어요. 할머니는 이 사실을 알고 있었지요. 금오는 할아버지의 노랫소리를 듣고 어디선가 많이 들었던 소리처럼 익숙한 느낌이었어요. 금오는 가만히 생각했어요. 아빠의 목소리가 들리는 것 같았어요. 할아버지 노래와 아빠의 노래가 함께 들려오는 것 같아 그 소리에 취하여 하나하나 소리를 익혀 가고 있었어요.

금오도 소리를 내어 할아버지의 노래를 함께 불렀어요.

저 하늘 행성마다 축복의 기도가 있네

내 고향 수천억 광년 아름다운 별

나는 위대한 별의 자손, 끝없는 여행을 하네

저 별들의 이름마다 축복의 언어 담겨 있고

날마다 축복의 언어 빛으로 펼쳐지네

나는 축복의 별 수천억 광년 아름다운 별 위대한 자손이라네

나는 알고 있다네. 이 땅의 별들에 축복 위대한 바다의 노래를

나는 이 언덕 작은 집 특별함 너무도 잘 알고 있다네

나는 위대한 수천억 광년 아름다운 별 후손이라네

노래가 반복되는 동안 알 수 없는 기운이 금오를 감싸고 있다는 것을 느꼈어요. 노랫소리가 점점 할아버지 노래처럼 힘차고 가볍게 하늘을 날아가듯 경쾌한 노랫소리로 울려 퍼지며 금오 눈에는 광활한 우주가 펼쳐져 보였어요. 금오는 깜짝 놀랐어요. 너무 놀라 그만 노래를 멈추었어요.

'아니, 내가 꿈을 꾸고 있었나? 할아버지는 아직도 노래를 하시네!'

특별한 경험을 하고 금오가 할머니를 바라보았어요. 할머니는 여전히 할아버지 노래를 들으며 행복한 표정으로 말없이 계셨어요. 금오는 밖을 보았어요.

'와, 오늘은 별들이 크네! 참 특별한 날이네!'

금오는 아직도 무슨 일이 일어나고 있는지 알아차리지 못했어요. 할아버지의 노랫소리가 작아지자 할머니 목소리가 들렸어요. 할아버지가 부르는 노랫소리에 맞추어 함께 부르는 소리가 들려왔어요.

저 하늘 행성마다 축복의 기도가 있네
내 고향 수천억 광년 아름다운 별
나는 위대한 별의 자손, 끝없는 여행을 하네

저 별들의 이름마다 축복의 언어 담겨 있고

날마다 축복의 언어 빛으로 펼쳐지네

나는 축복의 별 수천억 광년 아름다운 별 위대한 자손이
라네

나는 알고 있다네. 이 땅의 별들에 축복 위대한 바다의 노
래를

나는 이 언덕 작은 집 특별함 너무도 잘 알고 있다네

나는 위대한 수천억 광년 아름다운 별 후손이라네

할아버지와 할머니의 노래가 겹쳐지면서 할아버지의
노래가 끝났어요. 노래가 끝나는 순간 언덕 위 작은 집은
어느새 제자리에 예전처럼 자리하고 있었어요. 이 모든
일은 할아버지의 노래로 시작하고 할머니와 함께 부르는
노래로 끝이 났어요. 금오는 손뼉을 치며 말했어요.

"와! 할아버지, 할머니! 언제 이런 노래를 배우셨어요?
너무 아름답고 행복했어요. 마치 우주를 날아가는 것 같
았어요. 너무 기분이 좋아 할아버지 노래를 따라 하는데
제가 우주 한복판에 와있는 것 같은 환영을 보았어요. 너
무 놀라 그만 노래를 까먹었어요. 그러자 우주의 별들 모
습이 사라지고요. 너무 특별한 노래 같았어요. 그런데 이

노래 아빠가 불러 주었던 노래 같아요. 너무 어릴 때 들은 거라 잘 기억이 나지 않지만, 아빠 목소리가 할아버지 목소리처럼 특별했어요. 오늘은 모든 것이 특별한 날이에요. 할아버지 할머니 다음에도 들려주세요. 그리고 금오도 함께 노래할 거예요."

금오의 말에 할아버지와 할머니는 금오를 바라보며 잔잔한 미소를 보내 주었어요. 그러고는 말씀하셨지요.

"금오야, 이 노래는 특별한 것이란다. 아주 특별하기에 특별한 날에만 부르지. 오늘이 금오 아빠 생일이구나. 할아버지가 금오 아빠에게 늘 불러 주던 노래란다. 아주 오래전부터 내려온 우리 가문의 노래지. 이제 금오도 알아 두어야 할 것 같아서 오늘 특별한 날에 들려준 것이란다. 이제 잊지 말고 명심하여야 한다. 이 노래는 행복을 싣고 오는 노래인 거야!"

할아버지의 말씀에 금오는 무엇인가 특별한 힘이 생겨난 것 같았어요. 금오는 할아버지를 바라보며 말했어요.

"할아버지, 이 노래는 행복해지는 노래인가 봐요? 듣고 따라 불러도 행복하고요. 바라만 보아도 저 하늘 높이 날아오르는 것 같았어요. 할아버지, 이제 자주 들려주세요. 금오도 함께 부르고 싶어요."

금오는 말을 하고 할아버지가 부르시던 노래를 작은 소리로 불렀어요.

저 하늘 행성마다 축복의 기도가 있네
내 고향 수천억 광년 아름다운 별
나는 위대한 별의 자손, 끝없는 여행을 하네
저 별들의 이름마다 축복의 언어 담겨 있고
날마다 축복의 언어 빛으로 펼쳐지네
나는 축복의 별 수천억 광년 아름다운 별 위대한 자손이
라네
나는 알고 있다네. 이 땅의 별들에 축복 위대한 바다의 노
래를
나는 이 언덕 작은 집 특별함 너무도 잘 알고 있다네
나는 위대한 수천억 광년 아름다운 별 후손이라네

금오의 되새김질하는 노랫소리에 언덕 위 작은 집은 꿈틀거리며 밝은 빛을 내었지요. 하지만 금오는 이런 사실을 눈치채지 못했어요. 금오의 이런 모습을 지켜본 할머니는 금오의 손을 잡으며 "우리 손자 금오가 어느새 할머니보다 더 커졌네. 참, 세월이 빠르구나!"

할머니의 이야기를 듣고 있던 금오는 신이 나서 말했어요.

"아이, 할머니! 금오 키는 자꾸 자라는 거예요. 저 하늘까지 자라서 아빠 엄마가 계시는 별나라에 가서 살고 싶어요."

금오의 말을 듣고 계시던 할아버지가 할머니에게 속삭이듯 말했어요.

"우리도 이제 준비를 해야겠지."

할머니는 작은 소리로 말했어요.

"금오가 이제는 어른 같아요. 키도 크고 행동도 의젓해지고 이 작은 집에서도 불평하지 않고 잘 지내고 있으니 참 행복해요!"

할아버지와 할머니는 이야기를 주고받으며 이야기는 끝이 없을 것 같았어요. 두 분 모두 기쁨에 넘쳐 계셨어요. 생각을 멈추고 세상을 바라보니 온통 세상은 아름답게 꽃으로 피어나 있었어요.

3. 언덕 위 작은 집이 날개를 달다

엄마 아빠의 손때가 묻은 일기장에서는 무지갯빛 향기와 빛이 흘러나와요. 금오를 품에 안은 듯 금오의 몸과 옷자락을 가볍게 해 주고 가슴 속까지 빛이 나도록 에너지를 보내고 있었어요. 금오의 가슴 가득 품고 있는 꿈은 조금씩 날개가 달려 그 날개를 펼쳐 보이려 꿈틀거리고 있었지요. 금오는 엄마 아빠에게 이야기하듯 마음속으로 말했어요.

'엄마 아빠, 이제 조금만 더 있으면 엄마 아빠 만나러 갈 거예요. 바다님과 별님들이 도와주고 갈매기님과 별똥별님, 그리고 모든 친구들이 도와줘서 조금만 더하면 우주를 여행할 수 있을 것 같아요. 그리고 오늘 할아버지의 노래를 들었어요. 아빠가 들려주던 노랫소리 같았어요. 한번 들어 보세요.'

금오는 정신을 가다듬어 할아버지가 부르던 노래를 기억하며 노래를 부르기 시작했어요.

저 하늘 행성마다 축복의 기도가 있네

내 고향 수천억 광년 아름다운 별

나는 위대한 별의 자손, 끝없는 여행을 하네

저 별들의 이름마다 축복의 언어 담겨 있고

날마다 축복의 언어 빛으로 펼쳐지네

나는 축복의 별 수천억 광년 아름다운 별 위대한 자손이
라네

나는 알고 있다네. 이 땅의 별들에 축복 위대한 바다의 노
래를

나는 이 언덕 작은 집 특별함 너무도 잘 알고 있다네

나는 위대한 수천억 광년 아름다운 별 후손이라네

　우주의 모든 공간마다 금오의 노랫소리가 펼쳐져 나가
고 언덕 위 작은 집에서는 어느새 밝은 빛이 모여들기 시
작하였어요. 금오는 이런 광경을 아직 눈치채지 못하였
지만 금오가 부르는 노랫소리에도 할아버지의 노랫소리
와 같이 언덕 위 작은 집에서는 특별한 일이 일어나고 있
었어요. 밤하늘의 별들이 촘촘하게 서로 어깨를 기대고
금오의 노래를 듣고 있었나 봐요. 먼 우주 끝에서 메아리
같이 들려오는 노랫소리가 있었어요.

나의 노래 수천억 광년 아름다운 별

불멸의 사랑 노래는 위대한 후손에게 전하여지고 전하여
지리!

이 노래 거룩한 꿈을 가지고 위대한 희망을 이룩하리라!

나의 아름다운 노래여, 수천억 광년 아름다운 별

불멸의 사랑 노래. 위대한 후손이여, 전하고 전할지라!

이 모든 노랫소리가 바다와 별님, 갈매기님, 바람 숲의
풀벌레에게까지 세상의 평등한 이치를 따라 골고루 울려
퍼졌어요. 하늘에서 내리는 비가 땅의 풀과 나무에게 분
별하지 않고 골고루 나누어 주듯이 수천억 광년 아름다
운 별의 노래는 이 땅 희망의 노래로 전해졌지요.

금오는 자신이 하는 것이 무엇인지 알지 못하였지만 언
제나 즐겁고 행복했어요. 금오가 꿈꾸는 금오함선의 모
양이 하나씩 쌓여 가는 동안 바다와 갈매기는 날마다 빛
과 모래를 금오에게 가져다주었어요. 모래마다 수천의
이야기가 들어 있었어요.

그 이야기마다 아름다운 노래가 흘러나오고 무지개 향
기와 빛 그리고 맛과 소리, 부드러운 느낌, 생각들이 모두
살아 움직여 빨주노초파남보 아름다운 화음을 냈어요.

금오가 엄마 아빠의 일기장을 볼 때마다 무지갯빛은 선명하게 온 방 안을 채웠어요. 금오의 마음도 몸도 무지갯빛으로 채워지고 있었지요.

바다님의 파란빛과 갈매기의 모래알이 섞이면 모래는 새로운 빛으로 가득 차 맑고 밝은 투명한 빛으로 금오의 뜻에 따라 움직였어요. 별님이 전해 주는 이야기들은 저마다 무지갯빛으로 지식이 되었지요. 온갖 향기, 소리, 맛, 모양, 느낌, 생각이 흘러나오는 특별함으로 금오의 이야기를 모두 간직하는 일들이 날마다 행하여지고 있었던 것이에요.

이 세상의 모든 살아가는 이야기, 엄마 아빠의 특별한 이야기들과 어린아이들의 아름다운 생각들, 산과 들에서 들려오는 축복의 언어, 평등한 비의 축복도 모두 간직되고 있었어요. 산 아래 마을 이야기도 모두 금오의 방으로 모여들었어요. 강 건너 바다 건너 산 넘고 들판을 지나 바람에게 전해진 이야기들이 모두 언덕 위 작은 집 금오의 일기장 방으로 모여들고 무지갯빛 투명한 곳으로 간직되었어요.

동서남북 상하 허공의 아름다운 이야기가 쌓여 갈 때마다 방 안에서는 향기가 나고 빛의 향연이 펼쳐지고 노랫소리가 들리고 맛의 언어가 흐르고 감각을 깨우는 느낌이 전해지고 생각 주머니마다 지혜가 가득하게 되었어요. 이 모든 것이 하나의 특별함으로 나타나기 시작하였지만 금오는 여전히 일기장 속으로 빠져버린 듯 아무것도 모른 채 일기장의 이야기를 통하여 무언가를 계속할 뿐이었어요.

이 특별한 이야기들이 모여 이룩되는 또 다른 이야기들은 말로는 표현할 수 없는 특별함이었어요. 금오는 그 아름다움 속에서 자신의 지혜를 쌓아 가고 있는 것이에요. 저 숲의 풀벌레 이야기도 모두 행복한 빛의 노래였어요. 금오는 가끔 펼쳐지는 특별한 것들에 대하여 기쁨을 느꼈어요. 밖에서 들려오는 소리에 밖을 보았어요. 금오는 자신도 모르게 밖의 풍경을 읽어 냈어요.

"창문을 두드리는 소리에 밖을 보니 문밖 푸른 잎 사이 보랏빛 꽃들이 향기를 내고 있지 않겠어요. 바람도 향기 따라와 꽃잎을 흔들고 풀잎마다 영롱한 이슬방울 굴리는 특별한 의식을 하고 있어요. 아침 이슬이 둥글게 빛나는 까닭을 알았어요. 저 멀리 동산은 웅성거리는 소리를 내며 걸어오고 있고요. 오늘 문밖 소식 창가에 배달한 별빛은 인사도 하기 전에 벌써 가고 없어요."

금오의 입에서는 어느새 아름다운 언어들이 샘솟듯 흘러나 왔어요. 모든 아름다움이 금오의 가슴에 새겨지고 스며들어 금오의 모든 것은 아름다움으로 이룩되었어요. 하루 또 하루가 지나가고 금오의 이야기는 아름다움으로 쌓여 가고 있었어요. 밤하늘을 바라보다 엄마 아빠를 생각하니 금오의 입가에 흘러나오는 이야기가 온 하늘 별들에게 전해졌어요.

"저 별이 지면 나도 질까 두려워 슬펐던 어제는 해마다 봄꽃 별로 피어났어요. 저 별이 지는 날 소원을 빌겠다며 저 별 지기를 기다리는 오늘은 매년 가을밤 기러기 되어 북으로 북으로 날아갔어요. 저 별이 언제 생겨났는지 알 수 없지만 분명 나하고 같이 태어났을 거예요. 내가 볼 때만 저 별은 빛나고 있으니까요."

금오는 이제 별들에게 자신의 이야기를 전하고 있었어요. 별님들은 금오의 꿈이 이루어지고 있음을 기뻐하였지요. 바다님도 바다 안개가 되어 금오를 보러 왔어요. 모두 금오의 이야기를 위하여 함께 이룩한 날들이 자랑스러웠어요.

서서히 나타나는 성취는 말이 없어도 알 수 있었어요.

언덕 위 작은 집에서 퍼져 나오는 무지갯빛으로 알 수 있으니까요.

밤하늘의 별들이 내려와 앉은 산언덕에는 너무도 행복한 아름다움들이 쌓여 지나는 바람이 스쳐 닿기만 하여도 향기가온 세상으로 가득 퍼져 나갔어요. 금오의 다짐은 점점 깊어만 갔어요. 금오는 특별한 다짐을 하였어요. 이 세상 모든 생명 들이 함께 기뻐하고 즐거워할 수 있는 소원을 정했어요. 금오의 특별한 기도는 이제 모든 별님과 바다님, 숲의 벌레들까지 들을 수 있었어요.

어린 명상가의 다짐

온 세상에 가득한 빛, 무지갯빛 아름다움
어린 명상가 기뻐하며 감사한다.
부모님의 아낌없는 사랑
어린 명상가 밝게 자라 감사한다.
선생님의 큰 가르침
어린 명상가 배워 익혀 감사한다.
좋은 친구 귀한 만남
어린 명상가 본받으며 감사한다.
어짊을 알고 익혀 가면 예의를 알게 되고

예절을 지키면 믿음을 얻게 된다.

믿음으로 대하면 올바름을 얻게 되니

올바르게 행동하면 지혜로움 생겨난다.

지혜로움 가득하면 모든 꿈이 이뤄진다.

변화한다는 진리 속에 존경하는 마음 내어

모든 생명 사랑하고 나눔을 실천하고

맑은 음식 알맞게 먹어 몸과 마음 가꿔 가며

감사하는 말과 행동 빛이 되고 이익 된다.

명상하여 얻은 지혜, 나를 알고 너를 알아

조화롭게 살아가면 우리 모두 평화롭다.

명상가여, 승리자여! 꿈꾼 대로 이뤄진다.

진실한 어린 명상가의 다짐은 언제나 영원하다.

아름다움에 다짐합니다.

큰 배움에 다짐합니다.

명상하는 친구들에게 다짐합니다.

　금오의 다짐이 온 세상으로 퍼져 나가자 모두 기뻐하며
즐거워했어요. 물론 할아버지 할머니도 듣고 있었지요.
하지만 아무도 이 사실을 눈치채지 못하고 있었어요. 꿈
속에서 전해져 나갔기 때문이에요. 세상의 소리가 모두

무지갯빛으로 이루어졌다는 것을 알게 되면서 금오는 언제든지 무지갯빛을 따라가는 능력이 생겨났어요. 금오는 이런 능력을 아무도 모르게 간직하고 있었어요. 바다님과 별님들은 알고 있었지만요. 그래도 비밀이에요.

하얀 눈이 내리는 밤이 되었어요. 언덕 위 작은 집에는 커다란 눈송이가 만들어졌지요. 마치 우주선 같았어요. 밤새 내린 눈들이 지붕에 쌓이고 또 마당에까지 쌓여서 멀리서 보면 우주선 하나가 앉아 있는 모습으로 곧 바다를 향해 날아갈 듯하고 있었어요. 아니, 우주로 날아가는 금오함선의 모습인지도 몰라요.

언덕 위 작은 집은 언제나 특별함을 주는 곳이었지요. 하얀 작은 집 굴뚝으로 하얀 연기가 하늘로 피어오르자 작은 집은 우주선이 금방이라도 '나는 금오함선이다.' 소리치며 날아갈 듯이 밤하늘을 깨우고 있는 것 같았어요. 하얀 눈송이는 별이 쏟아져 내려 금오함선이 지나가는 길을 밝혀 주고 있는 것 같아 금오는 너무 신이 났어요. 그때 할아버지 목소리가 들려왔어요.

하얀 눈이 내리면 내 고향 수천억 광년

아름다운 별에도 하얀 눈이 온다네

나는 수천억 광년 아름다운 별의 후손, 저 별은 우리의
고향

날마다 나는 고향의 노래 부르고

수천억 광년의 아름다운 별 노래한다네

내 고향 수천억 광년 아름다운 별 나는 노래한다네

이생이 다하도록 부르노라면

어느 때 나는 수천억 광년 아름다운 별에 가 있으리!

할아버지의 노랫소리는 눈송이마다 새겨지고 저 별 수
천억 광년 아름다운 별에게 전해졌어요. 금오는 할아버
지가 아주 특별한 분이라는 것을 잘 알게 되었어요. 잠시
후 할머니의 노랫소리가 들려왔어요.

나는 하얀 눈송이 별꽃마다 축복의 언어 있음을 알고 있
어요

저 하얀 별꽃 눈송이 위대한 언어, 축복의 아름다운 이야
기

수천억 광년 아름다운 별에서 내려오고 있음을 나는 노래
해요

나는 수천억 광년 아름다운 별
성스러운 땅의 어머니 노래 잘 알고 있어요
나는 노래해요 내 어머니의 아름다운 축복의 노래를!

다시 할머니의 노래가 이어져 들려왔어요.

내 아이 아름다운 모습이여
이 세상 모든 걸 다 준다 해도 바꿀 수 없네
나는 위대한 성취의 공덕을 지녔네
오, 나의 아름다운 아이들이여!
나는 기쁨으로 말하네, 축복의 기쁨으로 늘 행복하네
수천억 광년 아름다운 별. 땅의 주인, 이 땅의 어머니
모든 아이들의 어머니, 나는 즐거움으로 노래한다네
별빛으로 달빛으로 햇빛으로 풀잎 이슬방울로
나는 세상의 아름다움을 전하는 수천억 광년 아름다운 별
성스러운 땅 거룩한 어머니라네
이 세상의 모든 어머니들이여 나의 노래 전하여 주오
나는 그대들의 어머니, 위대한 수천억 광년 아름다운 별
축복의 땅 행복한 어머니라네
모든 세상의 위대한 어머니들의 아름다움으로 나는 이루

어졌다네

나는 그대와 같은 어머니. 그대와 나는 다르지 않아

나는 그대의 아름다움으로 피어난다네

나는 수천억 광년 아름다운 별

풍요가 흐르는 강물과 즐거움이 있는 숲 동산을 지배하는 어머니

수천억 광년 별의 땅 주인이라네

나는 수천억 광년 아름다운 별의 땅 어머니

그대들의 아름다움으로 이룩한 위대한 성취자 승리의 어머니라네

모든 아이들의 어머니, 나는 아이들의 영원한 기쁨이요 즐거움이요

새 생명의 노래를 부르는 수천억 광년 아름다운 별의 땅 주인이라네

사랑으로, 영원한 자비로 불멸의 노래 부르며

아름다움의 전령사가 되어 모든 생명의 탄생을 축복한다네

나는 수천억 광년 아름다운 별, 공덕의 땅 주인

모든 어머니의 아름다움으로 이룩한 성취자

나는 수천억 광년 아름다운 별의 노래로

이 세상 모든 생명, 모든 어린이에게 축복의 꽃가루 뿌려
준다네
축복의 향수를 머리에 뿌려 준다네
나는 모든 어머니의 손으로 그 아름다움을 전하여 준다네
나는 수천억 광년 아름다운 별
불멸의 어머니들의 아름다운 성취자라네

할머니의 노래 속에서는 엄마의 노래가 함께 들려왔어
요.
금오는 하얀 눈송이를 하나둘 세었어요. 그 수가 너무
많았지만 금오는 멈추지 않았어요. 눈송이마다 엄마의
얼굴이 반짝이고 있었어요. 할머니의 노랫소리가 눈송이
마다 흘러나오고 있었지요. 금오는 엄마 아빠가 가까이
있음을 알고 있었어요. 아주 가까이, 금오 곁에 있음을 알
수 있었지요. 금오는 노래를 불렀어요.

하얀 눈이 내리면 온 세상 어머니
금오를 포근하게 감싸안아 주어요
산도 들도 모두 포근한 내 어머니 품 안이 되어
아름다운 노래 불러 주어요.

수천억 광년 아름다운 별 이야기

하얀 눈송이 되어 언덕 위 작은 집 찾아오면

엄마 아빠 함께 따라오시는 걸 금오는 알아요

금오는 향기로 알고 있어요.

엄마 향기 아빠 향기 봄 여름 가을 겨울

사계절 향기 달라도 금오는 알고 있어요

금오의 향기는 엄마 아빠 향기를 닮아

사계절 향기가 달라도 엄마 아빠 향기를 알아요

하얀 눈송이 가득한 향기

금오는 엄마 아빠 향기가 담겨 있음을 알고 있어요

수천억 광년 아름다운 별, 성스러운 땅 어머니

수천억 광년 아름다운 별빛 아버지

금오는 그 위대한 축복의 언어

이미 엄마 아빠 일기장으로 알고 있어요

엄마 아빠의 노랫소리 들었던 기억으로

수천억 광년 아름다운 별 축복의 노래 알고 있어요

하얀 눈송이마다 금오의 향기 닮은

엄마 아빠 향기 담겨 있음을 즐거움으로 알고 있어요

금오는 축복의 언덕 위 작은 집 향기에서 자라나

언제나 엄마 아빠 곁에 있음을 알고 있어요

금오의 노래가 하얀 눈송이마다 전해지자 무지갯빛 고운 향기가 온 세상으로 퍼져 갔지요. 봄이 오면 무지갯빛 고운 꽃동산이 온 세상에 만들어지겠지요. 할아버지와 할머니의 노랫소리는 하얀 눈송이가 내리는 밤을 수천억 광년 아름다운 별 노래로 채우고 있었어요.

4. 파도가 싣고 간 그림자

밤새도록 내린 흰 눈이 온 세상을 밝게 빛나라고 축복하였어요. 산과 들, 나무, 모든 마을들도 하얀 마음으로 가득했어요.

마을에서는 아이들이 눈길 위에 발자국을 남기며 새로움을 향한 도전의 기쁨을 누리고 있었어요. 수천억 광년 아름다운 별 이야기가 내려와 수천억 광년 아름다운 별, 성스러운 땅 어머니의 손길이 아이들을 감싸 받쳐 들고 있었지요. 아이들의 하얀 마음은 햇살이 내려 더욱 빛나고 있었어요.

소복하게 내린 눈 속마다 수천억 광년 아름다운 별 이

야기들이 하얀 꽃으로 온 세상에 피어나고 저마다 꽃향기로 즐거워 하하호호 축복의 언어 펼치고 있었어요. 여기저기 마을마다 하얀 꽃은 눈사람도 되고 커다란 집도 되고 그리고 무지개 썰매장도 되었어요. 장난꾸러기 아이들은 커다란 눈송이를 만들어 하늘 높이 별이 되라고 던지기도 하였어요. 둥근 하얀 별이 이리저리 떠돌 때면 아우성치는 이야기들이 하늘 높이 올라갔어요.

이 광경을 멀리서 바라보는 언덕 위 작은 집은 하얀 눈송이에 덮여 우주를 향한 금오함선이 비행을 시작하고 있는 것 같았어요. 금오는 신이 나서 바다를 향해 소리쳤어요.

"바다님, 여기 보세요! 지금 금오함선이 하늘 높이 날아가고 있어요. 바다님도 보여요, 저기 별님들도 보여요! 금오는 우주비행사! 아름다움을 지키는 무적의 함선, 사계절 아름다운 꽃향기 실어 나르는 위대한 성취 공덕 축복의 금오함선 비행사! 나는 금오함선 선장! 별님도 여기 앉아 보세요! 바다님도 갈매기님도 모두 금오함선에 오르세요!"

신이 난 금오는 언덕 위 작은 집이 떠나가도록 소리치면서 놀았어요. 할아버지 할머니도 금오가 즐겁게 노는 모습을 보며 하얀 눈을 밟으며 뽀드득거리는 소리를 따라 미소를 지었어요.

햇살이 하얀 지붕에 내려앉아 놀고 있었어요. 햇살이 놀다 지쳐 졸고 있을 때 지붕 처마 끝에는 아름다운 수정 세계가 만들어지고 있었어요.
"와, 수정이다!"
금오의 탄성에 깜짝 놀란 햇살이 졸다가 일어났어요. 햇살도 수정이 있는 곳으로 왔어요. 햇살이 다가오자, 얼음 수정은 무지갯빛으로 하얀 눈 덮인 땅을 축복하여 주었어요. 언덕 위 하얀 작은 집 마당에는 무지개가 새겨졌어요. 금오는 정말 기뻤어요.

무지개 동산 언덕 위 작은 집에는
언제나 행복을 전하는 무지개 있어요
하얀 눈송이 곱게 내려앉은 언덕 위 작은 집
축복의 빛 노래를 들려주어요
빨주노초파남보 위대한 빛
모든 세상 어린이에게 평등하게 나누어 주어요
새 생명 꿈꾸는 봄빛에게 평등한 노래로 무지갯빛 나누어

주어요

　　즐거운 언덕의 작은 집 무지갯빛

　　사계절 바람 따라 향기로 나누어 주어요

　　수정 세계 맑은 무지갯빛 영롱한 아름다움

　　향기 담아 나누어 주어요

　　거룩한 수천억 광년 아름다운 별 이야기

　　수많은 별님들의 축복의 이야기

　　파란빛 전하는 바다님, 위대한 승리의 이야기

　　무지갯빛으로 전해 주어요

　　금오는 금오함선에 축복의 노래 싣고

　　온 세상 무지갯빛 나누어 주어요

　　나는 금오함선 우주비행사

　　아름다움을 지켜 내 향기 전하는 금오선장

　　언제나 바다님과 별님들이 보호해 주시는

　　공덕 알고 즐거워하는 금오선장

　　수천억 아름다운 별 이야기

　　향기 따라 여행하는 무지갯빛 금오함선

　　나는 언제나 꿈꾸는 언덕 위 작은 집

　　날개를 달고 우주로 가는 금오선장

금오의 노래가 바다님과 별님들 그리고 모든 생명들에게 전해지고 끝없는 우주로 날아갔어요. 금오의 노래가 지나는 곳마다 아름다움으로 피어난 꽃들이 향기를 가득 채워 나누고 있었지요. 어둠이 있는 곳은 모두 하얗게 밝은 빛을 내었고 지나가는 모든 곳이 수정처럼 투명한 세상이 되었어요. 수정처럼 맑은 세상에 햇살이 내려와 앉을 때면 무지갯빛은 온 세상에 무지개 꽃을 피워 내며 무지개 향기가 넘쳐나 고루 퍼지게 하였어요. 행복한 소리가 수천억 광년 아름다운 별, 성스러운 땅 어머니에게 전해졌어요. 금오의 이야기가 전해질 때마다 파도는 철썩이며 세상의 모든 그림자를 싣고 갔어요.

이제 세상에는 더 이상 어두운 그림자가 없었어요.

5. 축복의 샘 영원한 불멸의 공덕

수정처럼 투명한 세상은 무지갯빛으로 가득해 온 세상 무엇으로도 비교할 수 없는 아름다운 꽃들이 자라나고, 그 꽃마다 세계가 생겨나고, 그 세계마다 무지갯빛이 가득하여 그곳에 사는 생명들은 모두 무지갯빛으로 먹고 자고 숨 쉬며 생활하고, 무지갯빛 옷을 입고 꽃을 피우며 아름다운 노래를 부르고, 수천억 광년 아름다운 별 이야기를 전하고 있어요.

　하얀 눈 수정에 햇살이 내려앉아 만들어 놓은 맑은 세상으로 무지갯빛이 가득하고요. 불멸의 사랑 꿈꾸는 곳이면 어디든지 축복하는 노래가 들려오고 무지갯빛 향기로 즐거움이 가득하였어요. 투명한 수정 세계가 무지갯빛으로 아름답게 꾸며지고 모든 생명들이 아름다움을 노래하며 살아가는 동안 하얀 겨울은 시냇물 소리와 함께 축복의 노래를 부르며 수천억 광 년 아름다운 별을 찾아갔어요. 하얀 겨울이 지나간 자리에는 맑은 수정 빛 샘물이 생겨났어요. 수정 빛 샘물은 쉬지 않고 하얀 눈 이야기를 쏟아내고 있었어요.

　나는 하얀 눈송이 수천억 광년 아름다운 별
　성스러운 땅 어머니 생명의 노래, 축복하는 어머니 자비의 샘물
　사랑으로 영원히 마르지 않는 불멸의 공덕의 샘
　나누고 나누어도 언제나 솟아나는 평등한 샘

무지갯빛 고운 수정 세계 이끄는 축복의 수천억 광년 아
름다운 별
성스러운 땅 주인 어머니 자비의 샘, 사랑의 흐름이라네
불멸의 샘, 영원한 축복의 언어 담겨 흐르나니
생명의 존중
물질의 나눔
청정한 생활
진실한 언어
청명한 음식
이 다섯 가지 공덕 축복의 언어 흐르는 불멸의 샘물
수정 빛 고운 세계. 그림자 없는 거룩한 국토
모든 생명 이끄는 수천억 광년 아름다운 별
공덕의 땅 성스러운 어머니 자비의 샘물
사랑의 노래 흐르는 공덕의 샘물
모든 어머니 사랑의 샘물
나는 수천억 광년 아름다운 별, 축복의 땅 어머니 전령사
모든 생명의 아름다움 이끄는 축복의 빛 불멸의 샘물
무지갯빛 불멸의 공덕 어머니의 사랑
나는 위대한 하얀 겨울의 하얀 눈송이 후신이라네

수정 빛 샘물의 노래가 끝나자 금오와 이 세상 생명 무리들이 모두 무지갯빛으로 화답하였어요.

오, 맑고 맑은 수정 빛 불멸의 공덕 샘물이여!

축복하는 노래마다 무지개 고운 빛 온 세상을 꽃피우네

별님, 달님, 해님도 모두 즐거워하고

바다님의 노래는 더욱 커져만 간다네

맑은 수정 빛 불멸의 공덕 축복의 언어 흐르는 샘물이여

파도 따라 철썩이는 바다의 노래로

온 세상 그림자 영원히 사라지고 불멸의 공덕

축복의 언어 흘러넘치게 하옵소서!

나누고 나누어도 줄지 않고 모자라지도 넘치지도 않는 불멸의 샘물

축복의 언어 수천억 광년 아름다운 별, 성스러운 땅

축복의 자비, 사랑의 손길 드리우시는

어머니의 공덕 샘물이여, 축복하옵소서!

나도 따라 공덕의 샘물 불멸의 노래 전하고 전하오리

오, 불멸의 맑고 고운 수정 빛 불멸의 공덕으로

햇살 내린 곳마다 무지갯빛 아름다운 꽃 피워 내소서!

바다님은 불멸의 공덕 수정 빛 샘의 노래 부른다네

숲의 풀벌레, 새들, 바위와 나무들도

다 함께 소리 내어 노래를 부르네

우리들의 노래 들어 보아요

불멸의 수정 빛 공덕의 샘물이여

마르지 않는 축복의 언어 흐르는 공덕의 샘이여

수천억 광년 아름다운 별, 성스러운 축복의 언어 흐르는

자비의 땅 주인이신 어머니

하얀 눈송이 내린 겨울이 되어 피어난 축복의 언어

다시 하얀 눈송이 불멸의 공덕, 수정 빛 샘물이 되어

축복의 언어 가득 샘솟고 있어요

모든 생명의 노래 불러 주시는 불멸의 수정 빛 공덕

축복의 언어 흐르는 수천억 광년 아름다운 별

풍요의 땅 주인이신 어머니

이 땅의 모든 어머니 전령사이시여

아름다움으로 가득한 투명한 수정 세계

무지갯빛 고운 꽃들의 세상 우리는 기뻐하며 노래하네!

끊임없이 이어지는 불멸의 노래들이 불멸의 노래 부르
며 봄 여름 가을 겨울 골고루 울려 퍼지고 동서남북 상하
허공으로 가득 채워져 갔어요. 금오의 가슴에는 한없는

기쁨이 가득하고 모든 생명 수정 빛 세상이 온통 기쁨으로 가득했어요.

언덕 위 작은 집에도 무지갯빛 꽃향기가 가득 퍼졌어요. 일기장은 무지갯빛 꽃향기 아름다움으로 가득 차 축복하였어요.

일기장이 넘겨질 때마다 금오의 기쁨은 넘쳐흘러 수정 빛 불멸의 샘물, 축복의 샘, 영원불멸의 공덕 수천억 광년 아름다운 별, 풍요의 성스러운 땅 주인, 어머니의 가슴으로 들어갔 어요. 기쁨에 넘치는 금오의 언어는 춤을 추며 수정 빛 고운 투명한 세상을 노래하였어요.

"할아버지, 할머니가 들려주시는 평등의 노래, 축복의 언어 금오가 다시 불러요."

금오는 큰 소리로 할아버지가 부르시던 노래를 불렀어요.

저 하늘 행성마다 축복의 기도가 있네
내 고향 수천억 광년 아름다운 별
나는 위대한 별의 자손, 끝없는 여행을 하네
저 별들의 이름마다 축복의 언어 담겨 있고
날마다 축복의 언어 빛으로 펼쳐지네

나는 축복의 별 수천억 광년 아름다운 별 위대한 자손이
라네

나는 알고 있다네. 이 땅의 별들에 축복 위대한 바다의 노
래를

나는 이 언덕 작은 집 특별함 너무도 잘 알고 있다네

나는 위대한 수천억 광년 아름다운 별 후손이라네

금오의 노랫소리가 울려 퍼지자 어느새 하늘의 별들이
금오 곁으로 다가와 쏟아질 듯 기쁨의 언어 축복을 해 주
었어요.

오, 수천억 광년의 아름다운 별 후손이여!

금오가 그러하듯 할아버지, 할머니, 아빠, 엄마 모두 그러
하네

나는 축복의 전령사

수천억 광년 아름다운 별의 노래 따라 무지갯빛 축복을
한다네

나는 보았다네, 그 옛날 아주 오랜

지금의 별들이 생기기도 전 수천억 광년

아름다운 별이 부르던 노래를

나는 축복의 전령사를 자처했다네
오늘도 나는 축복의 무지갯빛 전령사
나는 수천억 광년 아름다운 별의 노래 축복하는 전령사!

금오는 이제야 조금 알 것 같았어요. 할아버지의 노래 속에는 특별함이 담겨 있다는 것을. 금오는 노래를 멈추고 일기장을 넘겼어요. 그런데 일기장마다 예전과 다른 모습의 그림들이 나타났어요. 금오는 새로움에 대한 기대감에 부풀었어요. 알 수 없는 그림들이 금오를 더욱 궁금하게 했어요. 금오는 바다님에게 소리쳤어요.

"바다님, 여기로 오세요!"

바다는 커다란 바다 안개가 되어 산언덕 작은 집 축복의 땅에 올라왔어요. 금오가 말했어요.

"파란빛 고운 바다 커다란 몸 바다 안개님, 일기장에 새로운 그림이 나타났어요. 하지만 금오는 무엇인지 알 수가 없어요. 파란빛 고운 바다님도 보세요!"

금오의 말에 바다 안개는 무지갯빛 커다란 몸을 흔들며 일기장 속으로 들어갔어요. 하지만 바다 안개는 금오에게 말했어요.

"나는 아무것도 볼 수가 없어. 일기장 속에는 아무것도 보이지 않아!"

바다 안개의 말에 금오는 이해가 되지 않았어요. 금오에게는 보이거든요.

"아니, 바다 안개님, 여기 보이잖아요!"

바다 안개님은 금오에게 말했어요.

"음, 아무래도 별님들에게 물어봐야겠지? 별님들은 아마 보일지도 몰라." 하며 별님을 불렀어요. 별님들이 축복의 무지갯빛 고운 산언덕 작은 집에 내려앉았어요.

"바다 안개님, 오늘은 금오 표정이 뭔가 궁금해하는 것 같아요. 바다님이 알 수 없다면 우리들도 알 수 없을 거에요. 바다 안개님과 우리는 모두 함께 태어나 함께 공부하고 함께 이야기하며 늘 똑같이 보고 생각하며 지내왔잖아요. 이 축복의 산언덕 작은 집에서 알 수 없는 빛들이 펼쳐지고 있어요. 우리들은 저 멀리서 이 광경을 보고 달려오고 있었어요. 이제 금오의 궁금증이 뭔지 들어봐야겠지요."

별님들이 모두 한 마음으로 이야기를 하였어요. 금오는 일기장 이야기를 하였어요. 별님들은 일기장 속으로 들어갔어요. 그러나 일기장 속에서 아무것도 없고 볼 수가 없었어요. 별님들이 일기장 속에서 한참을 찾아보았지만, 아무것도 발견할 수가 없었어요. 일기장에서 나온 별님들이 말했어요.

"금오야! 일기장에는 아무것도 없어. 아니, 보이지 않아. 우리 별들이 온 세상을 찾아보았지만 보이지 않았어. 찾을 수가 없어. 아무것도 없었으니까! 이상하단 말이야. 그전에 있던 이야기들조차 모두 사라졌어! 이건 아마도 금오만이 보도록 아빠 엄마가 특별히 남겨 놓은 이야기 그림일지도 몰라!"

별님들은 금오에게 더욱 궁금증을 일어나게 하였어요. 바다 안개님도, 별님들도 모두 금오가 말하는 그림을 볼 수가 없었어요. 금오는 이제 모든 것을 혼자 해결해야만 하나 봐요. 금오는 걱정했어요. 그동안 바다님과 별님들, 그리고 갈매기님, 모든 아름다움의 언어들이 금오를 도와주었는데 이제는 그렇게 할 수 없을 것 같았어요. 그래도 금오는 씩씩하게 생각했어요.

'아니야. 할아버지도 있고 할머니도 있고 아빠 엄마 향기도 있잖아. 이제 금오는 혼자가 아닌 거야. 그러니 뭘 걱정해. 아침이 되면 할아버지에게 물어봐야지. 할아버지는 알고 계실 거야. 틀림없이 알려 주실 거야.'

금오는 바다 안개와 별님에게 고맙다고 인사를 하고 별

님의 이야기를 들었어요. 별님은 수천억 광년 아름다운 별에 대하여 이야기해 주었어요. 하지만 별님들도 이야기로 들었을 뿐, 자세히 알지 못한다고 하였어요. 바다 안개님도 별님과 같이 말하였지요. 금오는 바다 안개님과 별님들과 즐거운 시간을 보냈어요. 축복의 땅 산언덕 작은 집은 언제나 무지갯빛 고운 향기가 넘쳐흐르고 그 향기는 온 우주로 퍼져 나가 수천억 광년 아름다운 별, 성스러운 어머니의 땅에 스며들었어요.

금오는 일기장 속 그림으로 잠을 잘 수가 없었어요. 잠을 자고 싶어도 잠이 오지 않았어요. 창문 밖 저 멀리서 해님이 걸어오는 소리가 들려왔어요. 창문을 열어보니 저 멀리서 해님이 걸어오는 것이 보였지요. 금오는 신이 났어요. 방문을 열고 할아버지 할머니가 일어나셨는지 살펴보았어요.

그런데 방문 앞에 있어야 할 신발이 없었어요. 금오는 할아버지 할머니를 찾아보았어요. 보이지 않았어요. 마루에 앉아 바다를 바라보며 햇살이 바다에게 인사하고 즐겁게 노는 것을 보았어요. 황금빛 고운 햇살이 바다님을 깨우자, 바다님은 철썩거리며 반갑게 햇살을 맞아 주었지요. 금오가 바라보는 것을 본 바다님이 파란빛을 내어 손을 흔들어 주었어요.

금오도 커다란 원을 그려서 인사를 했어요. 해님도 알고 금오에게 인사를 했어요. 바다에 앉아 놀고 있는 햇살도 금오에게 황금빛을 보내어 인사를 했지요. 금오는 손을 흔들어 즐겁게 인사를 했어요. 별님은 그만 잠이 들었나 봐요. 금오가 할아버지 할머니를 기다리는 동안, 축복의 땅 무지갯빛 꽃동산 산언덕 작은 집에서는 아침 햇살이 내려와 여기저기 웅성거리며 금오 이야기를 하고 있었어요.

6. 평등의 노래 축복하는 침묵의 언어

"아니, 금오야! 왜 나와 있냐? 아직은 추운데."

할머니의 목소리에 금오는 대문 밖에서 들어오시는 할아버지와 할머니를 보고, "할아버지 할머니 아침 일찍 어디 다녀오세요?" 하며 아침 인사를 하였지요.

밤사이에 궁금했던 일을 할아버지에게 물어보려던 것

은 다음으로 미루기로 했어요. 할아버지와 할머니의 등 뒤에는 커다란 자루가 있었거든요. 금오는 얼른 자루를 받았어요. 무거웠어요. 끙끙거리며 마루에 올려놓았어요.

"할머니, 뭐가 들어 있기에 이렇게 무거워요?"

금오의 물음에 할머니가 웃으시며 "당연히 무겁지. 가을에 묻어 두었던 무란다. 봄에 꺼내 먹으려고 했었지. 이제 하얀 눈도 녹아 맑은 물이 흐르니 조금 있으면 씨앗을 심고 농사를 지어야 하는데, 그동안 담가 두었던 김장 김치도 다 먹고 조금 남았지. 이제 이 무로 무밥도 하고 반찬도 하고 국도 끓여 먹어야지. 이제 냉이도 올라오고 달래도 나오고 조금 있으면 산나물들이 지천으로 이 땅을 축복하겠구나."

할머니 말씀에 금오는 일찍 밖으로 나와서 할아버지 할머니를 도와드렸으면 좋았겠다는 생각을 하였어요. 금오는 할아버지의 연장을 받아 창고에 갔다 두고 할머니를 따라 부엌으로 들어갔어요.

"배가 고픈가 보구나. 할머니가 빨리 밥 차려서 가지고 가마. 할아버지 힘들었을 테니, 들어가서 어깨라도 주물러 드려. 반찬만 차리면 돼."

할머니는 웃으시며 아궁이에 불씨를 꺼내고 들기름 칠

한 김을 구울 준비를 하셨어요. 금오는 할아버지 어깨를 주물러 드리면서 조용하게 물었어요.

"할아버지, 아빠 엄마 일기장에 알 수 없는 그림들이 있어요. 할아버지는 알고 계실 것 같아서 물어보려고 밤새도록 잠을 자지 못했어요. 할아버지는 뭐든지 아시잖아요."

금오가 어깨를 두드리며 이야기를 하자 할아버지는 가만히 듣고 계시더니 금오를 바라보며 알 수 없는 미소를 지었어요.

"금오야, 저기 문밖 소리 들리지?"

금오는 잠시 머뭇하다 대답했어요.

"예."

"무슨 소리냐?"

"할머니가 김 굽는 소리예요. 툭툭거리는 소리가 소금이 튀는 소리가 맞아요."

할아버지는 웃으시며 "그렇구나, 금오는 귀가 밝아 잘 들리는구나! 할아버지는 아무 소리도 들리지 않는단다."

할아버지는 금오에게 밖에서 나는 소리가 무엇이냐 하시더니 이제는 아무 소리도 들리지 않는다고 하시니, 금오는 어리둥절했어요. 금오는 할아버지가 잘못 듣고 말씀하시는가 생각을 하고 다시 한번 할아버지에게 말했어요.

"할아버지, 할머니가 김 굽는 소리가 방에서도 들리는 것은 할머니 반찬 솜씨가 좋아서일 거예요."

할아버지는 웃으시며 금오를 바라보시면서 한 손으로는 방에 머리카락을 모으며 말씀하셨어요.

"아침부터 저녁 걱정을 하니 머리가 방바닥으로 기어가네. 에구, 이제 눈도 잘 보이지 않아서 원. 아, 금오가 뭐라고 했더라? 이제 건망증도 생겼나 봐."

할아버지의 이야기가 끝나자 밖에서 할머니 목소리가 들려왔어요.

"금오야, 나와서 밥상 들자! 이제 몸도 예전 같지 않아서 얼마나 살지 모르겠다. 할아버지보다는 하루 더 살다가 가야 할아버지가 편하지."

할머니의 이야기를 듣고 계시던 할아버지는 웃으시며 큰 소리로 말씀하셨어요.

"아니야, 할멈이 먼저 가면 내가 정리하고 삼 일 있다가 가야지. 그동안 기다려야 해. 그동안 고생했는데 나 죽어서까지 고생하면 내가 무슨 면목으로 할멈을 보나."

금오는 할아버지의 말씀을 듣고 걱정이 됐어요.

'할아버지 할머니가 돌아가시면 나는 어떻게 해!'

순간 눈물이 났어요. 할머니는 금오의 눈물을 보았어요.

"아니다, 할아버지는 금오가 어른이 되어야 가실 거야. 괜한 이야기는 해 가지고 어린애 울리고."

할머니의 말씀을 듣고 나니 더욱 슬퍼졌어요. 금오는 서럽게 소리 내어 울었어요. 금오의 울음소리가 그치고서야 할아버지가 웃으시며 금오에게 말씀하셨어요.

"금오야, 밥 먹고 할아버지하고 봄나물 캐러 가자. 요즘은 냉이, 달래, 그리고 양지바른 곳에는 쑥도 나오고 민들레꽃도 피었을 거야. 봄에는 냉이가 최고야. 냉이 캐서 할머니 갖다 드리면 맛있는 냉이된장국이 나오고 냉이무침이 나올지도 몰라. 할머니는 언제나 새로운 음식을 잘 만들어 내니 기대해 보는 거야."

할아버지의 말에 금오는 기분이 좋아졌어요.

"할아버지, 봄나물 캐면 우리 시냇가에서 씻어서 가져와요. 그러면 할머니 힘들지 않잖아요. 시냇가에서 씻는 것은 금오가 할게요."

금오의 말에 할아버지도 할머니도 활짝 웃으시며 즐거워했어요. 할아버지와 할머니, 금오는 마음을 모아 기도를 했어요.

"시방에 항상 계신 수천억 광년 아름다운 별, 풍요의 땅 주인이신 어머니, 광명의 빛 주재하시는 아버지, 이 음식을 정성스럽게 올리옵니다. 이 인연공덕으로 모든 아름다움이 두루 하여 모든 생명에게 널리 이익되게 하시고, 우리 모두 화합하여 꽃향기 가득하도록 이끌어 주옵소서! 이 음식이 여기까지 오는 동안 인연한 모든 수고로움에 감사드리오며 앞으로 더 큰 아름다움으로 펼쳐 나가는 공덕이 되게 이끌어 주옵소서!"

　기도와 더불어 세상에서 가장 맛있는 아침밥을 먹었지요. 할머니의 밥상은 언제나 세상 최고의 맛을 자랑했어요. 언제나 말이에요.

　할아버지와 금오는 봄나물을 캐 오면 할머니가 어떤 맛으로 요리를 할지 궁금했어요. 밥상을 부엌으로 내놓고 할아버지와 금오는 밖으로 나왔어요. 아직 봄바람이 차가운 것 같았어요. 할아버지는 금오에게 "옷을 단단히 하거라! 바람 들어가면 추워." 하시며 앞장서 갔어요. 금오도 할아버지를 따라갔어요. 할아버지의 걸음은 느렸지만 힘이 있었어요. 금오는 할아버지가 얼마나 오래 사셨는지 아직은 잘 모르거든요. 금오는 할아버지는 영원히 금오와 함께 계실 거라고 생각했어요. 하지만 오늘 아침 할머니와 할아버지의 이야기를 듣고 금오는 생각을 해야만 했어요. 하지만 지금은 나물을 캐야 하니 생각을 하지 않기로 했지요. 할아버지는 걸어가시면서 알 수 없는 노래를 즐겁게 부르셨어요. 금오는 궁금했지요. 그래서 물었어요.

"할아버지, 무슨 노래예요? 무슨 노래인지 알 수가 없어요. 금오가 알아듣게 천천히 부르시면 금오도 배우잖아요."

금오의 말에 할아버지는 웃으시며 또다시 노래를 흥얼거리며 걸어갔어요. 축복의 땅 산언덕 위 작은 집에서 옆으로 가면 나오는 산언덕에서 바다를 바라보며 편안하게 앉아 있는 양지바른 밭이 있었지요. 밭의 맨 위에는 커다란 둥근 아홉 봉우리가 있었어요. 그 봉우리들은 아주 낮게 자리하여 햇살이 내려와 놀고 가는 곳이에요. 아홉 봉우리마다 꽃이 내려와 앉아 있는 듯 즐겁게 햇살을 맞이하여 자리를 내어 주었지요. 바다를 편안하게 바라보는 자리를 차지한 아홉 봉우리에는 무지갯빛이 둘러앉아 오고 가는 바람에게 무지개 향기를 나누어 주고 있었지요.

금오는 정중하게 아홉 봉우리에 고개를 숙여 인사를 했지요. 아홉 봉우리는 금오를 반갑게 맞아 주었어요. 할아버지는 금오의 이런 모습을 자연스럽게 바라보며 금오와

함께 아홉 봉우리에 인사를 하였어요. 할아버지가 오래
전에 금오에게 아홉 봉우리에 대하여 이야기해 주었거든
요. 하지만 하얀 겨울이 와 있는 동안 한 번도 오지 않았
어요. 아홉 봉우리마다 인사를 하고 할아버지는 가만히
앉아서 바다를 바라보았어요. 금오도 따라서 바다를 보
았지요. 그리고 둥근 원을 크게 그려 인사를 했어요. 바다
님이 금오를 바라보며 흰 구름 아름다운 모습으로 하늘
에 올라 할아버지와 금오를 지켜 주고 있었어요. 할아버
지는 금오에게 속삭이듯 말했어요.

"금오야, 무엇이 보이냐?"

금오는 할아버지의 말씀에 말했어요.

"커다란 바다와 갈매기, 흰 구름, 그리고 산 아래 마을
도, 산과 들, 강줄기도 보여요."

할아버지는 금오의 말에 웃으며 말했어요.

"그것은 누가 보느냐?"

금오는 크게 자신 있는 말로 대답을 했어요.

"그야 금오가 보죠!"

할아버지는 헛기침을 하시며 말씀하셨어요.

"으흠! 할머니한테 혼나기 전에 나물 캐서 집에 가자.
우리 집에서 가장 힘센 사람이 할머니잖니!"

할아버지는 즐겁다는 듯이 할머니가 힘이 세다고 웃으시면서 말씀하셨어요. 할아버지의 말씀에 금오는 나물을 캘 준비를 하였어요. 호미를 들고 할아버지를 따라다녔어요. 마치 병아리가 엄마 닭을 따라다니듯 말이에요. 할아버지는 냉이를 보면 이것이 냉이란다, 그리고 달래를 보시면 금오를 볼 수 있게 이것이 달래란다 하시며 나물을 캐기 전에 금오에게 알려 주었어요.

금오도 이제는 혼자서 찾아보기로 했어요. 한참을 찾다가 금오에게 냉이가 발견되었어요. 냉이를 캐려고 하니, 냉이가 금오를 바라보며 말을 했어요.

"아이, 봄이라서 너도 놀러 왔구나! 나도 봄 따라 나들이 왔는데 여기는 따뜻하고 바다도 보이고 너무 좋아, 그렇지?" 하고 금오에게 물었어요.

금오는 호미를 뒤로 감추고 말했어요.

"응."

금오의 대답에 냉이는 잎을 활짝 펴며 말했어요.

"하얀 겨울에 하얀 눈송이가 나를 감싸 주었지. 그 덕분에 나는 봄나들이 올 수가 있었어. 이제 봄이 오면 우리는 아름다운 하얀 꽃으로 하얀 눈송이에게 감사함을 전해 주어야 해. 우리가 비록 작아도 은혜는 알거든. 하얀 꽃과 무지갯빛 향기로 이 땅의 고마움을 전해줄 거야."

냉이의 말을 듣던 금오는 그만 부끄러워졌어요. 금오는 축복의 땅, 산언덕 작은 집에서 커다란 자루를 들고나왔거든요. 많이 캐서 가려고요. 하지만 냉이의 이야기를 듣는 순간 너무도 미안한 마음이 들었어요. 냉이와 한참을 이야기하는데 할아버지가 금오에게 말했어요.

"금오야, 이제 가자! 이거면 우리 식구 한 끼는 충분하겠구나." 하시며 노래를 부르며 앞장섰어요.

금오는 할아버지가 부르는 노랫소리가 궁금했어요. 금오는 냉이에게 작별인사를 하고 하얀 꽃이 피면 다시 오겠다고 약속을 하고 할아버지를 따라 집으로 돌아오면서 할아버지가 부르는 노랫소리를 자세히 들어 보았어요.

이 세상 모든 생명은 참으로 귀하네
내 목숨처럼 무엇 하나 귀하지 않은 것 없어
수천억 광년 아름다운 별의 풍요의 땅 주인이신
어머니의 이름으로 기도를 하고
어머니가 주시는 것만을 가져온다네
우리는 언제나 풍요의 땅 축복의 언덕 바람이 머무는 곳
에서

작은 집 짓고 축복의 언어, 노래를 부르며 살아간다네

수천억 광년 아름다운 별, 성스러운 땅의 주인이신 어머니이시여

이 땅의 풍요 모든 생명들과 함께 나누도록

오늘 한 끼의 나물을 주시는 은혜 베풀어 주시는

축복의 자비로운 어머니여

우리는 즐거운 수천억 광년 아름다운 별의 후손임을 자랑하며

수천억 광년 아름다운 별 풍요의 땅 주인이신

어머니의 노래 이어지게 하네

어머니의 품 안에 잠드는 그날까지

풍요의 노래, 생명의 노래 부른다네

오늘 한 끼의 풍요 일궈 주시는

수천억 광년 아름다운 별 성스러운 땅 주인이신 어머니

그리고 어머니의 노래 따라 행하는 모든 생명

어머니의 은혜로 우리는 한 끼의 공덕 축복한다네

할아버지의 노래를 듣고 금오는 할아버지의 냉이와 금오의 냉이가 같지 않다는 것을 알게 되었어요. 돌아오는 길에서 시냇가에 냉이를 씻고 있다가 금오는 할아버지에

게 커다란 무지갯빛을 보았어요. 그리고 순간 수정 빛처럼 투명한 맑은 모습도 보았어요. 금오는 오늘처럼 할아버지가 크게 보인 적은 없었어요. 금오는 할아버지 옆에 다가가 할아버지 손을 꼭 잡았어요. 할아버지도 금오의 손을 따뜻하게 감싸안아 주었지요. 어느새 축복의 땅 산언덕 작은 집에 도착했어요. 할머니는 마중을 나와 계시면서 금오를 보자 물으셨어요.

"금오는 무엇을 캤니?"

금오는 작은 소리로 말했어요. 하지만 기뻤어요.

"냉이를 봤어요. 그런데 냉이가 나를 보고 웃어요. 함께 웃다가 왔어요."

금오의 말에 할머니는 고개를 끄덕이며 말했어요.

"암, 그렇지. 그렇고말고. 우리 손자인걸!" 하며 기쁜 표정을 감추지 못했어요. 금오는 이제 조금씩 할아버지와 할머니를 알아가는 것 같았어요.

"냉이가 많은데 이거면 우리 식구 충분할 것 같아 조금만 가져왔어요." 하시며 할아버지는 한 움큼의 냉이와 달래를 할머니에게 드렸어요. 할머니는 활짝 웃으시며 "아유, 이거면 우리 식구 이틀은 먹겠어요. 냉이와 달래는 향이 진해서 조금만 넣어도 그 향이 온 산을 다 담아 놓은 듯 향기가 진동하는걸요." 하시며 행복하신 표정으로 냉이와 달래 향을 맡아 보셨어요. 금오도 할머니의 그런 모습을 보고 행복했어요. 할아버지는 마루에 앉아 흰 구름을 바라보시며 구름에게 이야기하는 듯이 말씀을 하셨어요.

"흰 것은 무엇이고 흘러가는 것은 무엇이오! 내 평생 본 것이라곤 하나도 없는데 오늘 흰 구름이 나를 불러 세워 물으니 답하네."

금오는 할아버지의 이야기를 듣고 있으니 점점 알 수 없는 의심만 커져 갔어요.

'왜 할아버지는 내가 알아듣지도 못하는 말만 하실까? 오늘 아침 내가 일기장 그림에 대해서 물어서 화가 나셨나? 아빠가 생각나서 그러시나?'

금오의 생각은 점점 커져만 갔어요.

7. 금오함선 우주로 날아다녀요

냉이와 달래 향기가 축복의 땅을 지나 수천억 광년 아름다운 별 풍요의 땅에 이르러서 풍요의 땅으로 스며들어 갈 때 금오는 오늘 하루가 정말 감사했어요. 할아버지도 할머니도 엄마 아빠도 모두 감사했어요. 햇살이 바다 끝에 내려앉아 붉은 노을빛으로 물들어 갈 때 바다는 큰 소리로 금오의 의문을 더 크게 하였어요.

동산에 뜨는 해는 서산으로 가고
서산으로 가는 해는 동산으로 향하네
해와 달, 번갈아 가며 수천억 광년 아름다운 별
축복의 언어 쌓이고 쌓여 이룩한 아름다운 별
우리는 여기서 축복의 노래와 춤을 먹고
수천억 광년 아름다운 별의 노래 부르며 살아가는
수천억 광년 아름다운 별의 후손
풍요의 땅 주인이신 자비로운 어머니 사랑의 손길
이 세상 아니 가는 곳 없고
수천억 광년 아름다운 별 축복의 땅
자비의 어머니 사랑의 손 아닌 것 없다네
나는 수천억 광년 아름다운 별
자비한 어머니와 거룩한 무지갯빛 광명 아버지의 아들
수천억 광년 아름다운 별의 후손이라네
우리는 모두 같은 축복의 언어 수정 빛

샘물로 함께하는 진실한 자손이라네
우리는 또다시 찾아갈 수천억 광년 아름다운 별이라네
풍요의 어머니라네. 무지갯빛 광명의 아버지라네

금오는 바다님의 노을빛 노래를 깊이 생각했어요. 저 멀리 들려오는 별님들의 이야기들이 빠르게 달려왔어요.

밤하늘 수많은 별님들
우리는 축복의 땅 산언덕 작은 집 금오를 잘 알고 있다네
오늘 밤 축복의 땅
산언덕 작은 집에는 커다란 빛의 축제가 열린다네
수천억 광년 아름다운 별
축복의 언어가 온 우주를 감싸고 울림으로 알리고 있다네
금오는 우리들의 불멸의 친구라네
우리는 금오의 영원한 친구라네
바다님의 노래가 들려온다네
우리는 밤의 공덕으로 달려가고 있다네
금오의 축복의 노래를 듣기 위하여
동서남북 상하 허공 모든 별님들이
수천억 광년 아름다운 별의 노래를 듣기 위해

축복의 땅 산언덕 작은 집으로 가고 있다네

별님들의 이야기를 듣고 있던 금오는 오늘 특별한 일이 있는가 보다 하며 바다 노을에게 둥근 원으로 인사를 하고 방으로 들어갔어요. 금오는 오늘만큼 할아버지의 커다란 모습을 본 적이 없었지요. 곰곰이 생각해 보았어요. 금오는 일기장 마지막 그림을 알아야만 했어요. 그 그림만 알고 나면 금오는 아빠 엄마를 만날 수 있다는 생각을 했어요. 금오와 바다님, 별님이 만들고 있는 금오함선에는 아무런 모양도 반응도 없었거든요. 하지만 금오는 확신하고 있어요. 금오함선은 반드시 우주로 날아가 금오 선장이 지휘하는 아름다움을 지키는 우주의 비행선이 된다는 것을!

금오가 밖에서 바다님과 별님들의 이야기를 듣고 있는 동안 할아버지와 할머니는 오늘 특별한 행사를 하기로 했어요.
금오를 위한 특별행사에 친구들을 초대하기로 했어요. 할아버지와 할머니의 친구들이지요. 이런 사실을 금오는 알지 못했어요. 그러나 어떤 준비도 없었어요. 오직 할아버지와 할머니는 방 안에서 꼼짝도 하지 않고 앉아 있을 뿐이었지요. 금오는 방으로 돌아와 아무런 생각 없이 앉았어요. 아무리 생각을 해도 일기장 그림은 이해할 수가 없었거든요. 지금까지 금오가 알고 있던 모든 것과는 너무도 달랐어요. 설명도 할 수가 없었어요. 어떻게 하면 좋을지 몰랐어요.

금오의 방은 점점 깜깜해졌어요. 금오는 어쩔 줄 몰라 그만 엉엉 소리 내어 울었어요. 하지만 그 울음소리는 방 안에서만 맴돌고 밖으로 나가지 않았어요. 금오의 울음소리가 커질수록 금오에게는 더욱 알 수 없는 그림만이 떠올랐어요.

울다 지친 금오는 아무 생각 없이 멍하니 방 안에 남아 있었어요. 머릿속에는 일기장 마지막 그림만 홀로 남아 있을 뿐이었지요. 모든 세상의 소리도 들리지 않았어요. 엄마 아빠 얼굴도 볼 수가 없었어요. 할아버지 할머니 얼굴도 볼 수가 없어요. 금오에게는 오직 일기장 마지막 그림만이 남아 있을 뿐이었지요. 할아버지와 할머니는 방 안에 앉아 고요의 노래를 부르고 있었어요.

모두가 고요를 향한 노래를 따라 하나둘 모여들었어요.

할아버지와 할머니의 친구들 역시 방 안 가득 앉아 고요의 노래를 함께 부르고 있어요. 축복의 땅 산언덕 작은 집에는 수천억 광년 아름다운 별의 노래가 겹겹이 내려앉았어요. 수천억만의 별님들도 모두 산언덕 작은 집에 내려오고 바다님은 커다란 안개를 이끌고 무지갯빛으로 온 우주를 아름답게 물들이고 있었어요. 풀벌레들도 무지갯빛으로 날아와 앉아 수천억 광년 아름다운 별의 노래를 부르며 풍요의 땅 주인 어머니의 손길을 따라 크고 작은 곳곳마다 앉았어요. 모든 축복의 언어가 틈새 없이 축복의 땅 산언덕 작은 집으로 모여들어도 그 자리는 늘 당당하여 넓지도 좁지도 않게 편안함을 주었어요.

바람의 노래도 겹겹이 내려앉았어요. 갈매기의 입은 무지갯빛으로 수천억 광년 아름다운 별의 노래를 쉼 없이 부르고 있었지요. 하지만 모두가 고요했어요. 금오의 방 안에 알 수 없는 향기가 나기 시작했어요.

금오는 마지막 그림만이 홀로 남아 있을 뿐 아무것도 생각할 수 없었어요. 금오는 마지막 그림에 집중했어요. 하지만 그것은 생각으로 하는 것이 아니었어요. 마치 물이 아래로 흐르듯 아주 자연스럽게 밀려 내려가는 것 같았어요. 금오의 방에서는 무지갯빛 일곱 빛깔 일곱 향기와 일곱 소리 일곱 맛 일곱 느낌 일곱 빛의 마지막 그림만이 가득했어요. 금오의 생각이 사라지고 점점 마지막 그림도 이제는 사라져 버렸어요. 아무것도 없는 금오의 방에서 금오는 무엇도 찾을 수 없었어요. 금오도 없고 방도 없고 무지갯빛도 없어요.

그때였어요. 할아버지, 할머니가 금오를 깨웠어요. 깜짝 놀라 바라보니 온 세상은 축복의 언어와 풍요의 땅으로 가득하고 금오의 몸은 그렇게 금오가 그리던 금오함선에 올라 있는 것이에요. 하지만 그 모습은 아무도 볼 수 없었어요. 금오가 있는 곳에는 할아버지, 할머니, 그리고 할아버지 할머니 친구분들이 고요히 자리에 앉아 있을 뿐이었어요. 노랫소리가 들려왔어요.

저 하늘 행성마다 축복의 기도가 있네
내 고향 수천억 광년 아름다운 별
나는 위대한 별의 자손, 끝없는 여행을 하네
저 별들의 이름마다 축복의 언어 담겨 있고
날마다 축복의 언어 빛으로 펼쳐지네
나는 축복의 별 수천억 광년 아름다운 별 위대한 자손이라네

나는 알고 있다네. 이 땅의 별들에 축복 위대한 바다의 노래를

나는 이 언덕 작은 집 특별함 너무도 잘 알고 있다네

나는 위대한 수천억 광년 아름다운 별 후손이라네

금오는 그 목소리를 알고 있어요. 엄마 아빠의 노랫소리예요. 엄마 아빠의 노랫소리는 온 우주를 감싸고 돌고 돌아 무지갯빛으로 향과 꽃을 뿌리며 금오 곁에 앉았어요. 그러자 엄마 아빠의 모습이 나타났어요. 금오함선 금오선장 옆자리에 세 광명의 빛이 하나로 합쳐지고 그토록 원했던 꿈이 이뤄졌어요. 축복의 땅 산언덕 작은 집에는 축복의 빛이 가득하고 금오의 노래가 울려 퍼졌어요.

수천억 광년 아름다운 별 모양 없고 향기 없고 빛도 없네

원하는 것 모두 이뤄지니 무지갯빛 향기 아름다운 꽃들의 향연

축복의 땅 언어 꿀이 흐르는 강물의 공덕

축복의 언어 부르는 곳마다 모양 없고 걸림 없는

축복의 빛 광명으로 이룩하네

할아버지 할머니 나이 몰라도 언제나 즐거운 산언덕 작은

집에는

축복의 언어, 수정 빛 고운 불멸의 샘물 흐르고

무지개 강 건너오고 감에 아름다운 노래가 흐르네

금오의 노랫소리가 울려 퍼지자 바다님과 별님들 그리고 수천억 광년 아름다운 별의 모든 후손들이 축복의 빛으로 무지갯빛 고운 꽃잎과 허공에 그대로 머물러 조금도 흩어지지 않고 수많은 별이 되고, 그 꽃별 속에는 꽃향기를 금오함선 위로 아름답게 뿌렸어요. 꽃은 수많은 수천억 광년 아름다운 별의 후손이 머물러 노래를 부르고 있었어요. 금오함선은 수천억 광년 아름다운 별, 풍요의 땅에 머물러 자유로운 항해를 하였어요. 금오함선이 지나는 곳마다 아름다운 무지개가 뜨고 무지개를 보는 모든 생명에게는 금오의 노래와 수천억 광년 아름다운 별 노래가 가슴속 깊이 새겨져 모든 기쁨과 행복을 얻는 축복의 언어가 함께하지요. 금오의 아빠 엄마의 노랫소리가 울려 퍼졌어요.

축복의 언어 일깨워 금오함선에 오른 자랑스러운 나의 아들

꿈을 꾸는 모든 아이들의 이야기

우리는 우주를 여행하는 진정한 아름다운 전령사

물들지 않고 젖지 않는 순수의 언덕에 올라 아들의 길 인도하네

세상의 아들딸 모두 우리의 자식

우리는 순수의 땅 풍요의 땅 인도하네

물들지 않는 청정한 꽃 우주의 꿈과 희망에 향기가 되어 주네

스승의 이끎은 축복의 땅 자유와 평화

평등하게 나누는 진리의 무지갯빛 향기로 인도하네

우리는 진정한 부모, 세상 아이들의 엄마 아빠

언제나 곁에 앉아 축복의 노래 불러 주네

축복의 땅, 산언덕 작은 집에는 수천억 광년 쉬지 않고 무지개 꽃들이 번갈아 가며 사계절 수놓고 지금도 그 향기를 따라 오고 가는 금오의 노래 흐르고 있네요. 수천억 아름다운 별의 노래를 부르는 후손들이 지금도 무지갯빛 향기를 따라 머물다 가고 있네요.

할미꽃 지팡이

1. 나를 깨우다

한겨울 찬바람이 쌩쌩 불어왔어요. 거리에는 흰 눈이 소복하게 쌓여 가고, 오가는 사람들도 하얀 눈 속에 얼굴을 살짝 내밀며 달려가듯 걸어갔지요. 가로등 불빛 사이사이로 틈틈이 보이는 쓰레기 더미 위에도 흰 눈은 평등하게 내려 주었지요.

모두가 집으로 향하는 시간, 집 안에서 따뜻한 불빛들이 창문을 타고 밖으로 나들이 와 가로등과 이야기를 나누며 흰 눈을 즐기고 있었어요.

가로등 아래 하얀 눈 속을 걷고 있는 유모차 하나 있었지요. 유모차에는 눈송이마다 곱게 쌓여 가는 재활용품들이 점점 산처럼 커져만 갔어요. 하얀 눈길에 발자국 네 줄을 남겨 두고 쉬엄쉬엄 지나가지요. 서울 도심의 불빛이 따뜻해도 거리는 오가는 사람들도 보이지 않아 유모차만이 터덜터덜 걸어갈 뿐이었지요. 밤은 그렇게 유모차와 함께 굴러가고 있었지요.

모두가 잠든 도심의 거리는 늘 고요한 이야기를 남겨

두고 밝은 아침을 향한 행진을 하고 있었어요. 밤새 내린 흰 눈길에도 아침 햇살은 한겨울 차가움도 함께 싣고 오가는 이들의 귓가에 앉았어요. 내린 눈 속 유모차 바퀴 자국 화석은 동네의 야경꾼이 되어 밤새워 지켜 내고 나서야 아침 햇살이 오기 전 집으로 돌아갔어요. 아무도 알지 못하는 밤의 행진을 가로등만이 깊이 바라보고 있을 뿐이었지요.

밤마다 행해지는 유모차의 동네 야경의 일상은 멈춰지지 않았어요. 유모차는 언제나 산처럼 솟아올라 무겁게, 느리게 굴러갔어요. 쉬엄쉬엄 갈 때마다 삐그덕거리며 노래 부르면서요.

서울 외곽 커다란 산 아래에는 70년대 지어진 집과 요즘 새로 지은 아파트들이 서로 시간을 바라보며 지내고 있었지요. 오래된 건물들이 낮은 자리에 앉아 겸손을 이야기할 때면 새들도 날아와 재잘거리며 놀다 갔어요. 이 낮은 자리 집에 머물러 살고 있는 류라는 아이는 고집이 세고 힘도 센 여자아이였지요. 장래의 꿈은 동화 작가이며 대법원장이었지요.

류는 자신의 목적을 향해 꿈을 부지런히 키워 가고 있었어요. 아, 그리고 클라리넷 연주를 잘했어요. 물론 공부도 열심히 하였어요.

　류의 집에는 아빠, 엄마, 그리고 언니, 오빠와 지붕에 사는 고양이 가족이 야옹야옹 우당탕하며 함께 지냈지요. 류에게는 외할머니가 계셨는데, 몇 년 전에 돌아가셔서 외할머니에 대한 그리움이 간절했지요. 류가 원하는 건 외할머니는 모두 해 주셨어요. 하지만 이제는 외할머니는 볼 수가 없어요. 방 안에는 커다란 외할머니 사진과 친할머니 사진이 놓여 있지만 그래도 생각이 났어요. 외할머니가 보고 싶을 때면 밖으로 나가 달을 보았어요. 엄마가 외할머니가 하늘나라로 가셨다고 하였어요. 달을 보고 있으면 외할머니가 있는 것 같았어요.

　어느 날 류는 달을 보기 위해 집 밖으로 나왔어요. 그런데 저 멀리 가로등 아래 유모차 하나가 슬금슬금 혼자서 굴러다니는 것이었어요. 류는 겁이 덜컥 났어요.
　'귀신인가? 에이, 서울에 무슨 귀신이 살아, 시골이면 몰라도.'
　그렇게 생각을 하지만 왠지 두려움이 생겨났어요. 하늘을 보고 달을 보는 듯 마는 듯, 어느새 달은 류에게서 멀어져 갔고 류는 집으로 쏜살같이 돌아왔어요. 류는 가만히 생각했어요.

'왜 유모차가 혼자 움직일까?'

생각은 생각의 꼬리를 물고 생각의 날개를 펴고 한없이 날아가는 듯했어요. 류의 밤은 수많은 이야기로 이어져 갔지요. 하루 일상은 언제나 반복되는 일들로 가득했어요. 밤마다 찾아오는 일상들은 당연하다는 듯 물 흐르듯이 지나갈 뿐이었지요.

그러나 류에게 밤은 알 수 없는 의문으로 또 다른 상상의 날개를 달아 주었어요. 류는 생각했어요.

'분명히 이것은 밤의 요정이 나에게 이야기하려고 무엇인가를 보여 주고 있는 거야.'

그리고 류는 그동안 읽은 동화책을 생각해 보았어요. 동화책 속에서 나타나는 특별할 것 같은 일들이 자신에게 나타나 류는 동화 속에서 재미있는 이야기를 따라 동화책 여행을 할 것도 같았어요.

2. 나와의 만남

류는 이 생각 저 생각을 하다가 잠이 들었어요. 꿈속에서는 아주 특별한 이야기가 현실처럼 보이기 시작했어요. 어젯밤 유모차 하나가 나타나 류를 바라보며 이야기하는 것이었지요.

'류야, 잘 지내니? 아름다운 꿈의 동산에 온 것을 축하한다.'

류는 깜짝 놀랐어요.

'아니 유모차가 말을 하다니! 이건 분명 잘못된 거야.' 류는 자신의 앞에서 일어나는 일에 대하여 인정할 수 없었어요. 머리를 흔들어도 보고 눈을 감았다 떠 보고 귀를 막아도 보았지요. 하지만 더욱 선명하게 들려오는 이야기와 모습들은 류를 당황하게 하였지요. 류는 손으로 몸을 만져 보았어요. 여기저기 냄새도 맡아 보고 큰 소리도 질러 봤어요. 하지만 그럴수록 모든 것은 분명하게 더 밝은 상태로 나타났지요. 류는 정신을 가다듬고 살펴보았어요. 유모차가 웃고 있어요.

유모차 주변에는 여러 가지 모양의 류가 보았던 모든

기구며, 별빛 달빛도 모두 이야기하는 것이었지요. 류의 방문을 모두가 반겨 주는 것이었지요. 유모차는 류에게 말했어요.

"류야, 놀라지 마! 너에게는 아주 익숙한 너의 친구들이야. 저기 더 많은 친구가 있단다. 류가 놀랄 것 같아 숨어서 있지."

류는 유모차의 말이 도저히 이해되지 않았어요. 류는 용기를 냈어요.

"음, 유모차야. 그럼 너는 누구니?"

류의 말에 유모차는 부드럽게 말했어요.

"류가 어려서부터 나는 너와 함께 지냈어. 내 이름은 류의 아빠가 지어 주셨는데 금빛이야. 아름다운 금빛으로 류를 안전하고 밝게 키워 내라는 특명으로 너의 곁에서 함께하였지. 하지만 류가 커지면서 나, 금빛의 역할은 더 이상 필요하지 않았지. 그래서 나는 야경꾼이 되어 항상 류를 바라보며 지내게 된 거야."

금빛 유모차의 말에 류는 그제야 유모차 금빛의 말을 이해하였지요.

"금빛 유모차야, 그럼 너는 내가 어릴 때부터 나를 보아 왔다는 것이지? 내 말이 맞지?"

금빛 유모차가 끄덕였어요.

류는 친구들도 궁금했어요. 그때 여기저기서 고개 내민 얼굴들을 보았지요.

"우와! 곰돌이, 곰순이, 바비! 와!"

갈갈색, 옷 입은 흰 곰돌이, 파파랑, 노노랑, 줄무늬 하얀 너구리, 키키오, 피피노, 라리온, 황태자, 미미키, 미미니, 황황 금, 빨빨강, 빨강 강아지, 너무도 많은 친구가 류를 보자 류에게 이야기를 하면서 반갑다고 인사를 하였어요. 류는 너무 좋아 친구들에게 말했어요.

"지금, 이거 꿈 아니지! 아냐, 꿈일지도 몰라?"

하지만 친구들을 바라보고 있으니 분명했어요. 이제 류는 모든 것을 알게 되었어요. 모두가 자신이 어려서부터 함께 놀았던 친구들이었던 것을요. 류는 너무 기뻤어요.

"미안해, 내가 너희들은 잊고 지냈어. 그동안 나는 다른 아이가 되었나 봐. 정말 미안해."

류는 진심으로 친구들에게 사과했어요. 친구들은 류에게 큰 소리로 말했어요.

"류야, 아니야. 류는 아무 잘못 없어. 모두가 그렇게 커 가는 거야. 류가 특별하기 때문에 오늘 우리가 다시 만난 거야. 우리가 더 미안하고 고맙지. 류를 만나 이야기할 수 있어서 너무 행복해."

이제 언제든지 류와 만나서 이야기할 수 있어서 모든 친구들이 기뻐했어요. 류도 너무 기쁘고 행복했지요. 류는 가만히 생각했어요. 그리고 말했어요.

"얘들아, 그럼 우리 오빠도 기억나지? 우리 오빠는 요즘 공부하느라 바빠. 매일 밤늦게 들어오는데 공부가 힘든가 봐. 자주 짜증을 내거든. 너희들이 응원해 주면 오빠도 좋아할 텐데."

류의 말에 친구들이 말했어요.

"응, 알지. 너무 잘 알지. 오빠도 류를 찾아올 거야, 틀림없어. 류의 오빠 이름도 알고 있는데 우리가 부르면 오빠도 올 거야."

류는 오빠가 함께 놀았던 시절을 생각해 보았어요. 오빠는 류와 이야기하며 친구들과 함께 노는 것을 좋아했어요. 친구마다 이름도 지어 주었고. 아주 행복한 모습이 떠올랐어요.

류는 오빠가 보고 싶어졌어요. 하지만 오빠는 아직 학교에서 밤늦도록 공부를 하고 있었지요. 류와 친구들은 지난날의 기억보다 더 재미있는 시간을 보내고 있었어요. 또다시 아침이 찾아왔어요. 류는 간밤에 있었던 일들에 대하여 생각했어요.

'오빠에게 말해야 하나?'

류는 고민에 빠졌어요.

'혹시 오빠가 나보고 뭐라 하면 어떡하지? 무슨 소리 하냐고 하면 어떻게 대답할까? 우리가 어릴 때 놀았던 인형들이 나와서 함께 놀자고 했다고 하면, 오빠가 너 미쳤냐고 하면 나는 뭐가 되는 거야.'

아무리 생각해도 어떻게 해야 할지 생각이 나지 않았어요.

"류야, 훈아, 밥 먹자! 뭐 하니! 밥 먹고 학교 가야지."

엄마의 말에 류는 밥상으로 갔어요. 밥상도 말을 하는 것 같았어요. 흘끔흘끔 오빠를 바라보며 밥을 먹는 것을 본 엄마가 "왜? 오빠 얼굴에 뭐 묻었니?"

오빠는 고개를 돌려 거울을 보고 "아무것도 없는데" 하며 류를 한 번 쳐다보고는 맛있게 밥을 먹었어요. 류는 속으로 생각했어요.

'에이, 오빠는 내 속도 모르면서⋯. 어릴 때는 나를 잘 알고 잘 통했는데 왜 지금은 내 마음을 모를까?'

류는 오빠를 바라보며 수많은 말들을 생각했어요.

'오늘 저녁에 오빠가 올 때까지 자지 말고 기다렸다가

이야기해야지. 그럼, 오빠도 알아들을 거야.'

　아침을 먹고 학교로 가는 길은 정말 신나고 행복했어
요. 모두가 류를 알아보고 인사하는 것 같았어요. 학교생
활도 선생님도 모두가 행복하고 즐거웠어요. 류는 이제
아무런 걱정이 없었어요.

　'학교 친구들에게 이 사실을 이야기하면 친구들이 좋
아할까? 언젠가는 이야기할 거야.' 하면서 굳게 자신에게
약속했어요. 학교에서 집으로 돌아오는 길에서도 류는
예전 같지 않다는 것을 알았어요. 꽃들도 나무도 모두 류
에게 인사를 하였거든요. 시장 길에 진열된 상품들도 류
를 보며 인사를 하는 거예요. 류는 이제 놀라지 않아요.
류는 이미 알고 있었어요.

　모든 것은 함께 살아가는 소중한 친구라는 것을요. 이
제 류는 어떻게 오빠와 친구들에게 이 사실을 알게 할지
만이 숙제가 되어 남아 있었지요. 집으로 돌아온 류는 어
릴 때 가지고 놀던 인형들을 찾아보았어요. 찾을 수가 없
었어요.

　예전에 인형들을 모두 버리겠다고 하신 엄마의 말이 떠
올랐어요. 류와 훈이 항상 인형하고 놀기만 하자, 공부하

라며 인형을 모두 갖다 버렸다는 말에 오빠와 함께 엉엉 울었던 기억이 류를 아프게 했어요. 친구들이 어디에 있는지 찾아보려고 해도 찾을 수 없다는 것이 류에게 새로운 아픔으로 다가왔어요. 그러나 류는 생각했어요.

'아니지, 이제는 친구들이 나를 찾아오니 걱정할 것 없어. 인형을 가지고 있으면 또 공부하지 않고 다 큰 애가 인형하고 논다고 하실지 몰라.'

류는 가만히 친구들 얼굴을 떠올려 보았어요. 그리고 생각으로 이름을 불러 보았어요.

'곰돌이, 곰순이, 바비, 갈갈색, 옷 입은 흰 곰돌이, 파파랑, 노노랑, 줄무늬 하얀 너구리, 키키오, 피피노, 라리온, 황태자, 미미키, 미미니, 황황금, 빨빨강, 빨강 강아지.'

그러자 친구들이 와르르 쏟아져 나오듯 류에게 인사를 했어요.

"안녕, 류! 학교 잘 갔다 왔니?"

류는 너무 좋아 '아, 꿈이 아니구나!' 안도의 한숨을 내쉬었어요. 류는 혹시 꿈에서 나타난 것이라 한 번만 보이고 다시는 보이지 않는 것이 아닌지 속으로 걱정했었던 것이에요. 이제 류는 확신했어요.

'이제 오빠에게도 말해도 될 거야. 오빠가 믿지 않아도

함께 놀던 친구들의 이야기를 전해 주면 되잖아.'

류가 친구들과 재미있게 이야기하며 시간 가는 줄도 모르고 있었어요. 학교에서 돌아온 류는 아무것도 하지 않고 자신의 방에 있었지요. 엄마의 목소리가 들려왔어요.

"류야, 학교 갔다 왔으면 씻고 공부해야지. 예습 복습하고 있으면 엄마가 류가 원하는 거 해 줄게."

그때야 류는 "네." 하고 자리에서 일어나 세수하고 손발을 씻고 왔어요.

3. 친구들의 응원

방 안에는 친구들이 류를 응원하며 기다리고 있었지요. 하지만 류가 찾을 때까지는 친구들은 류를 지켜 줄 뿐이에요. 류가 공부를 시작하자 친구들도 따라서 공부했어요. 곰돌이와 곰순이는 선생님이 되었어요. 그리고 다른 친구들은 학생이 되어 끙끙거리며 공부했어요. 어여쁜 바비가 말했어요.

"아이, 너무 어려워요. 선생님."

곰돌이 선생님이 말했어요.

"바비 학생, 너무 힘들게 하지 말고 즐겁게 해요. 공부는 즐거워야지, 힘들면 안 되지요. 즐겁게 살아가려고 공부하는 것인데 힘이 들면 좋은 공부가 아니에요. 이제부터 우리 공부를 즐겁게 해 보도록 할까요?"

"네!"

모든 친구가 힘차게 대답하였어요.

곰돌이 선생님이 아주 작은 소리로 속삭이며 말했어요.

"하늘에는 수많은 별이 있지요. 그 별들은 모두 자신의 이름을 빛내기 위해 많은 노력을 하며 살았어요. 그런데 하루는 커다란 별 하나가 나타난 거예요. 모두가 놀랐어요. '아니, 너는 어떻게 그렇게 커다란 빛을 낼 수 있니?' 하고 물었지요. 사실 이 큰 별은 달이었지요. 커다란 별이 말했지요. '응, 나는 원래 이렇게 커. 그러니 나는 당연히 커다란 별이야.' 커다란 별의 말에 모두가 기가 죽었어요. '아니, 우리는 아무리 해 봐야 저렇게 빛날 수 없어. 이제 모든 것은 타고나는 것이니 이제 커져서 빛나는 것은 하지 않을 거야. 아니, 할 수 없잖아.' 하며 실망하였어요. 그런데 이런 이야기를 듣고 있던 해님이 다가와 말했어요.

'그렇지 않아, 우리는 모두 조금씩 자라나는 거야. 열심히 공부하면 할수록 커지는 거야. 자신이 크다고 공부하지 않으면 작아지고 빛도 사라져 점점 작아지거든.' 해님의 말에 커다란 별은, '흥, 자기가 뭘 안다고. 나는 원래 커다란 별이란 말이야!' 하며 여기저기 뽐내고 있었지요. 그렇게 많은 날이 지났어요. 작은 별들은 점점 밝은 빛이 나기 시작했어요. 빛이 나면 날수록 커다란 별의 몸은 점점 작아지기 시작했지요. 어느 날, 커다란 별은 간 곳 없고 밝은 별빛만 밤하늘을 밝게 비추고 있었지요. 별들은 걱정했어요.

'아니, 커다란 별이 보이지 않아 어디 아픈가?' 하며 모두가 걱정했어요. '으으음….' 한쪽에서는 커다란 별의 신음이 들려왔어요. 별들은 커다란 별이 아파서 빛을 내지 못하는 것을 알아챘어요. 별들은 의논했어요.

'얘들아, 우리 누워서 아파하고 있는 커다란 별에게 가 보자.' 별들은 모두 걱정하며 커다란 별에게로 갔어요. 그런데 커다란 별의 몸이 아주 보이지도 않고 조그만 빛이 꺼질 듯 보이는 것이었어요. 모두 놀라서 커다란 별에게 말했어요.

'어떻게 된 거니?' 커다란 별은 울면서 말했어요. '흑

흑, 우리 별들은 공부해야만 하는 것인데 공부하기가 싫어서 매일 놀기만 했더니 몸이 자꾸 작아지고 힘이 없어지니 빛도 사라져 가는 거야. 공부가 우리 별들의 밥인 거지. 나는 그런 사실을 알지 못하고 그동안 엄마 아빠 별이 먹여 주는 이야기로 살아왔었던 거야. 그래서 나는 당연히 그렇게 내 몸이 크고 빛이 나는 것은 원래 그런 줄 알았어. 하지만 내가 틀렸어. 너희들은 열심히 공부해서 더 큰 별이 되어 밝게 세상을 비춰 줘. 알았지? 이제 나는 내 빛이 사라져 영원히 잠들 것 같아. 힘이 없어.' 빛이 한들한들 사라져갈 듯, 꺼져만 가는 커다랗던 별은 작은 별이 되어 바람에 사라져 버릴 것 같았어요.

별들은 생각을 모았어요. '우리 저 친구를 위해 조금씩 빛을 모으자! 그러면 저 친구 별이 다시 일어날지도 몰라.' 생각이 다른 별들이 말했어요. '아니야, 저 커다란 별은 자기가 잘난 줄 알고 있잖아? 우리 도움 따위 필요 없어!' 별들의 생각이 달랐지만, 꺼져 가는 커다란 별을 바라보니 도와야 한다는 생각이 더 크게 일어났어요. 별들은 빛을 조금씩 모으기 시작했어요. 그리고 작아진 별에게 빛을 주었어요. 그러자 작아졌던 별은 다시 밝게 빛나고 점점 몸이 커지기 시작했어요. 친구들은 모두 박수를

치며 좋아했어요. 커다란 별은 부끄러웠어요. 이런 좋은 친구들을 작다고 업신여기고 제멋대로 한 자신의 지난 일을 반성하며 눈물을 흘렸어요. 커다란 별은 크게 뉘우치며 생각했어요.

'내가 너무 커다랗게 하고 있으니 나 스스로가 잘못된 생각을 하였던 거야. 이제부터 그런 내 잘못을 반성하고, 앞으로 다른 친구들도 나처럼 하지 않도록 나의 몸은 작아지고 커지며 친구들의 도움을 받은 것을 생각하며 고마워하는 모습을 보일 거야.' 커다란 별은 생각을 굳게 하였어요. 그때부터 커다란 별은 몸이 작아졌다가 커지고 커졌다가 작아지면서 자신을 도와준 친구들에게 미소를 보내며 살게 되었지요. 해님의 말을 듣지 않고 '흥' 하고 비웃은 커다란 별은 해님이 피곤해 잠이 들 때면 나와 해님에 미안한 마음으로 세상을 밝게 비춰서 해님이 좀 더 쉬도록 하였어요. 해님도 그런 커다란 별의 마음을 알게 되었지요. 그래서 가끔 만나 이야기를 나누었지요. 그 이후로 커다란 별이 몸이 작아지고 커지며 미소를 짓는 것을 보고 별들이 커다란 별을 부르다가 커다랗다는 말이 줄어들어 달이 되었어요."

곰돌이 선생님의 말씀을 듣던 곰순이, 바비, 갈갈색, 옷 입은 흰 곰돌이, 파파랑, 노노랑, 줄무늬 하얀 너구리, 키키오, 피피노, 라리온, 황태자, 미미키, 미미니, 황황금, 빨빨강, 빨강 강아지 등, 학생들이 모두 손뼉을 쳤어요. 바비도 이제는 공부가 쉬워졌어요. 재미있고 즐거운 공부는 바로 어린아이가 먹고 자라는 양식이니까요. 류의 귀에도 커다란 박수가 들려왔어요. 친구들의 공부 이야기를 모두 듣고 있었지요.

류의 방에는 어느새 밝은 달빛이 들어오고 있었지요. 류가 오빠 오기를 기다리는데 엄마의 저녁 먹으라는 소리가 들려왔어요. 이제 류는 배가 공부로 가득 차서 배가 고프지 않았어요. 하지만 엄마의 저녁 밥상은 류의 이야기를 들어주는 친구라는 것을 류는 알고 있었기에 친구와 이야기하는 것뿐이었지요.

류는 더 이상 엄마의 잔소리를 듣지 않았어요. 너무도 열심히 공부하는 모습을 엄마가 보았거든요. 밥을 먹고 방으로 돌아온 류는 오빠가 오기를 기다렸어요. 그런데 류는 금빛 유모차가 보이지 않는 것을 알게 되었어요. 류는 금빛 유모차가 어디에서 뭘 하고 있는지 궁금했어요. 하지만 지금은 오빠가 돌아오기를 기다려야 했지요.

4. 순수한 기억

오빠가 돌아왔어요. 류는 기다렸던 오빠를 보자 얼른 뛰어가 오빠를 마중하며 말했어요.

"오빠, 힘들지? 내가 오빠 등 두드려 줄까?"

류의 말에 오빠는 기분이 좋아졌어요. 류는 오빠와 함께 방으로 들어갔어요. 류가 하는 말에 오빠가 고개를 끄덕이며 즐거워했어요. 아직 훈이 오빠는 류가 보았던 것을 볼 수가 없었어요. 하지만 훈은 류가 하는 말을 모두 믿었어요. 함께 자란 어린 시절, 동생 류와 같이 놀았던 친구 곰돌이, 곰순이, 바비, 갈갈색, 옷 입은 흰 곰돌이, 파파랑, 노노랑, 줄무늬 하얀 너구리, 키키오, 피피노, 라리온, 황태자, 미미키, 미미니, 황황금, 빨빨강, 빨강 강아지. 그 인형들이 그때에는 모두 말을 하고 살아서 움직이는 것 같아 즐겁게 이야기하며 이름도 지어 주고 불러 가며 지냈었지요. 그런 기억을 생각하니 친구 인형들이 더욱 보고 싶어졌어요. 류의 금빛 유모차 이야기를 듣고 둘은 금빛 유모차를 찾아보기로 했어요.

밖으로 나가 여기저기 찾아보았지만, 금빛 유모차는 보

이지 않았어요. 힘들어 서로 바라보며 있을 때 저 멀리 가로등 사이로 금빛 유모차가 터덜거리며 쓰레기 더미를 헤치고 재활용품을 가득 싣고 있었어요.

류와 훈은 너무 놀라 금빛 유모차가 있는 곳으로 갔어요.

그런데 금빛 유모차는 다 낡은 모습으로 짐이 가득 실려 있었지요. 류와 훈은 그만 깜짝 놀라고 말았어요. 낡은 유모차에는 할머니 한 분이 허리가 굽어 유모차를 붙잡고 서 계셨던 것이에요. 할머니가 웃으시며, "놀랐니? 내가 나이가 많고 허리가 굽어 이 유모차 아니면 나올 수가 없단다. 아주 오래전에 유모차가 저기 보이는 골목 작은 집 앞에 며칠째 밤이슬과 비를 맞아 가며 놓여 있어서 내가 가지고 와 벌써 13년이 되었네. 참 세월이 빠르게 지나가는구나. 너희들은 어디서 사니?"

할머니의 말에 훈 오빠가 큰 소리로 대답했지요.

"저기 보이는 골목집이에요. 우리 집 앞에 꽃들이 많아요." 하고 할머니에게 큰 소리로 대답하였지요.

그러자 할머니는 반가운 듯 웃으시며, "아, 그렇구나! 그래, 내가 그곳에서 이 유모차를 가져왔단다. 그리고 보니 이 유모차가 너희들을 태우고 다녔는가 보구나."

할머니의 이야기가 끝나기도 전에 낡은 유모차는 어느

새 금빛으로 빛나고 있었어요. 할머니의 굽은 허리는 금빛 유모차에 기대는 순간 꼿꼿하게 펴져, 금빛 유모차는 지팡이가 되어 주었지요. 할머니 얼굴에서는 금빛이 나고 재활용품에서는 꽃향기가 퍼져 나가고 온 마을이 금빛으로 물들고 향기가 가득했어요. 훈이 오빠의 눈에도 금빛 유모차의 모습이 보이고 온 세상이 훈이를 위하여 즐겁게 노래하며 이야기를 들려주고 인사를 하였어요. 훈이 오빠의 표정을 보고 류는 오빠가 이제 모든 것을 볼 수 있다는 사실을 알았어요. 너무 기뻐 금빛 유모차를 끌어안았어요.

할머니는 웃으시며, "이제부터 이 모든 일은 비밀로 해야 한다. 나는 밤에 나와 일을 하거든. 여기저기 놓여 있는 재활용품을 모아야 해. 모두 보배야! 저마다 아름다운 이야기를 간직하고 있단다." 하고 말씀하셨어요.

금빛 유모차가 류와 훈에게 웃으며 인사를 하고 저 멀리 불빛 사이로 사라져 가며 큰 소리로 말하였어요.

"걱정하지 마! 너희가 잠들면 다시 찾아갈게."

금빛 유모차와 할머니는 반짝반짝 빛을 내며 멀어졌어요. 꼿꼿하게 서서 멀어져 가는 모습이 외할머니 같았지요. 류와 훈은 행복한 날이었어요.

5. 금빛 향기

집으로 들어오는 대문이 활짝 웃으며 이미 알고 있다는 듯 류와 훈이를 맞아 주었어요. 엄마의 목소리가 들려왔어요.

"어디 갔다 오니? 추운데 감기 걸린다. 빨리 들어와. 어이구, 몸이 얼었구나!"

방으로 들어온 류와 훈은 이제 친구들이 기다리고 있는 곳이 어디에든 있다는 사실을 알게 되었지요. 류가 오빠에게 말했어요.

"오빠, 우리 인형 말이야. 어디 있을까? 진짜 버렸을까?"

동생 류의 말에 훈이는 생각했어요.

"음, 내 생각엔 우리 집 식구는 버리는 거 잘 안 하거든. 그러니까 어딘가에 있을 거야. 확실해! 분명 아빠가 어디에 두었을 거야. 왜냐하면 아빠도 인형 좋아하잖아!"

오빠 말에 류는 기분이 좋아졌어요.

"그럼, 오빠, 우리가 친구들을 찾아보자! 친구들에게 있는 곳을 알려 달라고 하면 알려줄까?"

류의 말에 훈 역시 그럼 친구들에게 물어보기로 했어요. 가만히 명상하며 친구들을 생각하자 친구들이 보였어요.

"안녕! 이제 너희들을 다시 볼 수 있어 기쁘다. 오랜만이야. 나 알지? 훈이야. 곰돌이 곰순이 아직도 손잡고 있네. 바비 너는 언제나 이쁘구나! 그리고 갈갈색, 옷 입은 흰 곰돌이, 파파랑, 노노랑, 줄무늬 하얀 너구리, 키키오, 피피노, 라리온, 황태자, 미미키, 미미니, 황황금, 빨빨강, 빨강 강아지, 모든 친구, 너무 반가워."

훈이의 인사에 모두 훈이를 반갑게 맞아 주었어요. 훈이가 물었어요.

"너희들 지금 어디에 살아?"

훈이의 물음에 친구들이 말했어요.

"응, 우리는 우리가 살고 있는 곳을 말할 수 없어. 그것은 우리가 언제나 자유롭게 살아가는 이유이기도 하고 언제나 마음속에서 머물 수 있는 특별한 비밀이거든. 우리가 사는 곳을 말하면 너희들과 만날 수 없어. 미안해! 하지만 언제나 만날 수 있잖아?"

친구들의 말에 류와 훈은 아쉽지만, 친구들과 만날 수 있다는 생각에 더 이상 묻지 않았어요. 류와 훈은 서로를 바라보며 웃었어요.

"분명 아빠가 알고 있을 거야. 확신한다니까! 부맹!(부처님께 맹세) 아빠에게 비밀을 알아내자! 응?"

서로는 눈빛으로 말하였어요.

6. 할미꽃 지팡이

하얀 눈이 내리는 겨울이 가고 어느새 계곡 물소리가 조금씩 커졌어요. 아빠는 류와 훈에 앞산에 올라가자고 했어요.

아빠를 따라 산에 올라가는 길가 작은 무덤에는 할미꽃이 하얀 눈 속에서 빨간 미소를 지으며 허리를 구부리고 피어 있었지요. 류와 훈은 아빠에게 말했어요.

"아빠, 저기 할미꽃 보이죠. 할미꽃에 지팡이가 있으면 굽은 허리가 꼿꼿이 펴지겠지요. 우리, 할미꽃 지팡이를 만들어 주면 어때요?"

아이들의 이 기발한 생각에 아빠도 신나서 "그럼, 지팡이 만들어 볼까? 그런데 무엇으로 만들어야 하지?"

아빠는 류와 훈보다 더 신이 났어요. 류와 훈이 지팡이 될 것을 찾아다니는 동안 아빠는 가만히 있었어요. 류는 나뭇가지를 들고 왔어요. 훈 오빠는 어디서 구했는지 부서진 자동차 장난감 하나를 들고 왔어요. 장난감 차를 보니 금빛 유모차와 닮은 것 같았어요. 아빠는 생각만 하고 있었어요. 류와 훈이 지팡이 할 것을 가져오자, 아빠는 하얀 눈을 손으로 모았어요. 그리곤 할미꽃 옆에 놓고 류와 훈이 가지고 온 나무와 자동차를 달라고 하시더니, 할미꽃 앞에 자동차를 놓고 그 위에 눈을 싣고 할미꽃잎을 올려놓았어요. 류와 훈은 금빛 유모차 위 재활용품이 생각났어요. 그러자 할미꽃이 웃으며 얼굴을 보여 주었어요. 아빠는 류가 들고 온 나뭇가지를 할미꽃 옆에 꽂아 주었지요. 그러자 나무 지팡이가 할미꽃 옆에 서서 할미꽃 허리를 꼿꼿하게 세워 주는 것이었어요. 할미꽃이 자동차와 눈 속에서 옷을 입고 지팡이로 꼿꼿하게 서자, 류와 훈이는 금빛 유모차와 할머니가 생각이 났어요.

7. 금빛 생각

할미꽃이 웃으면서 류와 훈에게 말했어요.

"고맙다! 오늘 세상을 바로 볼 수 있어서 너무 행복하 단다."

하얀 눈 속 할미꽃이 류와 훈에게 말을 할 때 아빠는 먼 하늘을 바라보며 뭔가를 생각하시는 듯했어요. 그리고 "얘들아, 아빠가 어렸을 때 특별한 경험을 했단다. 어느 겨울 하얀 눈이 내리는 날이었지. 아빠가 어릴 때 타고 놀 았던 나무 수레가 금빛으로 빛이 나며 눈이 내리는 곳에 서 있는 거야. 그래서 그곳에 가 보았거든. 그런데 그 금 빛 수레가 말을 하잖아. 너희는 아빠 말을 믿지 않겠지만, 그 이후 세상은 많은 이야기를 들려주었단다."

아빠의 말이 끝나기도 전에 류와 훈은 큰 소리로 "아 빠, 우리도 아빠 말 믿어요!" 하며 아빠를 바라보았어요. 아빠는 신기하다는 듯 웃으며 할미꽃을 바라보았어요.

"아빠, 우리 어릴 때 가지고 놀던 인형들 보고 싶어요. 엄마가 모두 버리지만 않았어도 지금쯤 우리하고 함께 공부하며 지냈을 거야. 그렇지, 오빠?"

류의 말에 아빠는 웃으시며 "그렇게 보고 싶어? 보고 싶으면 보면 되는 거야."

아빠의 말에 류와 훈은 두 귀가 활짝 열리는 것 같았어요.

"아빠, 어떻게 봐요? 엄마가 다 버렸다는데요?"

아빠는 웃으시며 "암, 버렸지. 하지만 아빠가 누구니, 절대 버리지 않는 거 알지?"

류와 훈은 눈빛을 반짝이며 "그럼 아빠가 다시 주워 왔구나, 그렇지요?"

아빠는 웃으셨다.

"그럼, 어디에 있어요? 우리가 아무리 찾아도 없던데요."

아빠는 웃으시며 "아니야, 집에 있어. 아주 가까이서 너희들을 바라보고 있단다."

아빠 말에 신이 난 류와 훈은 빨리 집으로 가자고 졸랐어요. 아빠는 "우리 산에서 할미꽃도 보고 했으니 좀 더 걷다 내려가자."

류와 훈은 빨리 집에 가고 싶었지만, 아빠를 따라 봄이 오는 소리를 들었어요.

집으로 돌아오는 발걸음은 가볍고 정말 행복했어요. 아

빠에게 금빛 유모차와 할머니 이야기를 하고 싶었어요. 하지만 할머니와의 비밀을 지키기 위해 속으로 생각하고 참았어요.

저 멀리 보이는 작은 집에서는 온통 아우성치는 곰돌이, 곰순이, 바비, 갈갈색, 옷 입은 흰 곰돌이, 파파랑, 노노랑, 줄무늬 하얀 너구리, 키키오, 피피노, 라리온, 황태자, 미미키, 미미니, 황황금, 빨빨강, 빨강 강아지 등 친구들의 소리가 들리는 것 같았어요. 아빠는 인형들을 항상 바라보며 이야기하고 있었나 봐요.

꽃섬 별 무지개 나라

1. 꿈의 잉태

우리가 살고 있는 별나라에 작은 비밀의 정원이 하나 있었지요. 그곳에 매화와 국화 향기 나는 '향아'라는 여자아이와 세상의 고운 음악 소리 나는 '마루'라는 남자아이는 친구가 되어 지내고 있었답니다. 향아의 이름은 아빠가 지어 주셨어요.

엄마는 아기가 태어나자, 아빠에게 안겨 주었지요. 아빠가 아기를 볼 때 달나라에 살고 있는 미인 항아가 떠올랐어요. 그래서 항아처럼 예쁘고 항상 웃어 향기 나라고 향아라고 지었대요. 마루는 태어나면서 건강하고 총명하게 보였답니다.

늠름한 모습으로 최고의 지혜를 갖추고, 최고로 부지런하고, 가장 정직한 사람이 되라고 아빠와 엄마가 지혜를 모아 지어 준 이름이래요. 향아와 마루는 세상에서 가장 아름다운 최고의 이름이었지요. 향아와 마루가 살고 있는 무지개 나라에는 수많은 꽃섬 별이 여기저기 흩어져 있었어요.

아름다운 꽃섬 별 가운데 무지개 나라에 살고 있는 향

아와 마루는 무지개 꽃향기 무지개 꿀물 강을 바라보면서 늘 행복한 생각을 하며 지냈어요. 향아와 마루는 꽃섬 별이 있는 곳이면 어디든지 가 보고 싶었어요. 하지만 마음속에서 일어난 생각은 향아도, 마루도 알아차리지 못했지요. 사계절 꽃섬 별들은 서로 번갈아 무지갯빛 꿀 향기의 축제를 열어 가고 온 세상 사람들은 빛과 향기 꿀의 달콤함을 누리며 살아가고 있었지요. 꽃섬 별들은 서로 모양이 다르지만, 모두가 빛과 향기, 꿀로 넘쳐 있어요.

꽃섬 별마다 흐르는 무지갯빛 꿀 향기는 맑은 물소리를 내며 시냇물도 되고 강물도 되고 바다도 되었지요. 꽃섬 별에 꿀 향이 비가 내릴 때마다 꽃섬 별에서는 축제하였던 것이었지요. 향아와 마루는 이렇게 풍요롭고 아름다운 곳에서 살아가고 있었어요.

어느 봄날이었지요. 무지갯빛 산에는 무지갯빛 향기 하얀 눈이 녹아내리고 들에는 무지갯빛 노래 아지랑이가 물결처럼 피어오르고 있었지요. 아침 햇살이 창가를 두드리는 소리가 들려왔어요. 저 멀리 무지갯빛 동산 너머로 햇살이 살금살금 걸어오는 소리가 먼저와 창문을 두드렸던 것이에요.

눈을 비비며 일어나려고 해도 몸은 자꾸만 무지갯빛 향기 하얀 이불 속으로 들어만 갔어요. 아침 햇살이 더 큰 소리로 창문을 두드렸지요. 향아는 기지개를 활짝 켜며 "아이 졸린데." 하며 투정 부리며 일어났지요.

향아는 무지갯빛 향기 하얀 이불을 개고 부엌으로 갔어요. 엄마는 향아의 향기가 걸어오는 발소리를 듣고 "벌써 일어났구나. 더 자도 되는데." 하시며 향아를 바라보며 웃으셨어요.

세수하는 향아의 모습은 너무 재미있어요. 물을 얼굴에 묻히고 소리 내어 푸푸 하며 얼굴에 물을 뿌리듯 재미있는 놀이를 하고 있었지요. 어느새 향아 얼굴은 예쁜 모습으로 활짝 웃고 있는 거예요. 향아는 이제 신이 났어요. 방으로 들어와 정리를 하고 있다가 문득 바라본 창문 너머 바라보이는 꽃섬 별들이 너무도 가깝게 다가오는 것 같았어요.

향아는 생각했어요.

'우리가 살고 있는 무지개 나라에는 얼마나 많은 꽃섬 별이 있을까? 여기서 보이는 꽃섬 별들만 해도 너무 많은데 저 별에는 누가 살고 있을까?'

향아는 생각하면 할수록 더 많은 호기심이 생겨났어요.

향아는 마음을 가다듬어 가만히 앉아 명상하기로 하였어요. 너무 많은 생각을 하니 정신이 없었거든요. 앉아서 명상하고 있으니 여기저기서 그동안 들리지 않던 소리가 들려왔어요. 소리를 따라 향아는 명상의 세계로 더 들어갔어요.

그러자 눈앞에 펼쳐져 보이는 것은 그동안 향아가 보았던 것보다 아름다운 생각들이 무지갯빛을 따라 선명하게 나타나기 시작했어요. 하얀 눈이 녹아내리는 개울가에는 물소리가 졸졸거리며 흘러가고 있었고요. 그곳에는 물마다 향기가 나는데 그 향기는 생각을 할 때마다 생각 따라 다른 향기들이 다가왔어요. 향아는 너무도 신기해서 꿀물을 바라보니 어느새 꿀물 줄기마다 일곱 빛깔 무지개 색이 흘러가고 있었지요.

'아! 꿈일 거야! 이건 틀림없이 꿈일 거야.'

향아의 생각들은 점점 명상의 모습에서 꿈속으로 빠져들고 있었어요.

'정신 차려야지!'

향아가 눈을 뜨고 밖을 보니 바람이 나뭇가지 사이를 살랑살랑 흔들어 가며 봄을 깨워 어느새 가지마다 조그마한 움이 돋아나고 있었지요. 향아는 꽃섬 별나라 여행하기로 생각하고 함께 갈 친구를 생각했어요.

'누구하고 갈까? 내 마음 잘 이해하고 나와 같이 여행하고 싶은 친구는 누굴까?'

향아는 여행 생각에 다른 것은 할 수가 없었어요. 머릿속에는 온통 꽃섬 별들로 가득해서 다른 생각이 들어올 수가 없었지요. 그때였어요. 엄마의 목소리가 들려왔어요.

"향아야, 뭐하니? 밥 다 식는다."

그때야 향아는 엄마가 밥을 하고 계셨던 것이 생각이 났어요.

"아! 예, 엄마. 나갈게요. 나가요."

밥상 위에는 수많은 꿀과 향기가 놓여 있었어요.

"우와! 엄마, 엄마는 정말 요리사 같아! 마법의 요리, 너무 멋있고 맛있어요. 어떻게 아름답고 향기로운 음식을 만들 수 있을까? 엄마는 누구한테서 배웠어요? 궁금해요. 외할머니가 가르쳐 주셨지요? 아니면 친할머니한테 배웠어요? 엄마, 가르쳐 주세요."

향아의 말에 엄마는 조용히 웃으시면서 말씀했어요.

"엄마가 어릴 때 외할머니에게 향아와 똑같은 질문을 했단다. 그런데 향아도 엄마와 같은 질문을 하는 걸 보니, 향아는 내 딸이 틀림없네. 엄마도 향아처럼 외할머니에게 물어봤었지. 그런데 외할머니는 지금 엄마가 향아에게 말한 것처럼 웃으시면 똑같이 대답했었어. 우리는 그렇게 묻고 배워 가는 거야. 이제부터 향아도 엄마 따라 천천히 배워 보자. 엄마도 외할머니에게 천천히 아무도 모르게 배웠거든. 이제 향아는 엄마가 하는 것을 눈여겨보는 거야. 배우는 것은 먼저 눈으로 보아야 하거든. 빨리하려고 하면 생각이 앞서고 너무 느리면 게을러져서 배울 수가 없어. 향아야, 오늘 하는 말은 외할머니가 엄마한테 한 말과 똑같아. 그리고 보니 오늘 우리 예쁜 딸 밥을 잘 먹네. 좋은 꿈 꾸었니?"

엄마의 말씀에 향아는 밥이 더욱 맛있어졌어요. 꽃잎으로 담은 김치와 향기로 요리한 반찬이며 무지개 강 꿀물에서 자란 곡식들이 주는 아침 밥상은 꽃밭이 되어 있었지요. 어느새 문안으로 햇살이 들어와 놀고 있어요. 문밖에도 아침 햇살이 아우성치며 온통 황금빛으로 물들여 놓아, 향아가 살고 있는 무지개 나라 사람들은 저마다 일터로 나가기 시작했어요.

2. 꿈의 탄생

향아는 방안에서 밖을 보다가 아침 일찍 생각이 났던 것들이 떠올랐어요.

그때였어요. 밖에서 문 두드리는 소리와 함께 커다란 목소리가 들려왔어요. 향아는 목소리만으로 마루라는 것을 알고 있었지요. 향아와 마루는 정말 좋아하는 친구였거든요. 향아는 얼른 문을 열어 주었어요. 마루는 방으로 들어오면서 큰 소리로 말하였어요.

"향아야, 우리 봄놀이 갈래? 오늘 아침에 갑자기 여행이 가고 싶어지는 거야. 아침 햇살이 창문을 두드려서 잠자리에서 일어났는데, 생각마다 온통 꽃섬 별들이 나타나 나를 보고 있지 않겠니. 그런데 매화꽃섬 별 그곳에 향아가 매화꽃섬 별 사람들을 위해 예쁜 여왕이 되어 커다란 꽃 위에 앉아 있는 거야. 꽃마다 향이 퍼지고 빛이 온 궁전 고을마다 비춰 주는데 모두가 아름다워 좋아했어. 그 나라 사람들은 모두 아름답고 우윳빛, 빨강, 주황, 노랑, 초록, 파랑, 남색, 보라색 등 색색으로 물들인 옷에 매화꽃까지로 장식하고 옷마다 수가 놓였는데 그 수가 온

통 금빛으로 장식된 거야. 여왕이 된 향아의 모습은 너무
도 행복하게 웃음으로 가득했어. 너무 신기해서 향아가
보고 싶어지는 거야. 히~"

마루의 이야기에 향아는 너무나 신기해 기다렸다는 듯,
신이 나서 마루에 꽃섬 별 여행하자고 말했어요. 마루도
향아가 이야기하는 꽃섬 별 여행이 재미있을 것 같아 그
러자고 대답했지요. 창문 밖을 바라보니 친구들이 나와
놀고 있었어요. 향아와 마루는 여행을 위해 계획을 세우
기로 했어요. 우선 가고 싶은 꽃섬 별을 정하기로 했어
요. 그런데 향아와 마루는 꽃섬 별에 대하여 아무것도 알
지 못했어요. 향아와 마루는 꽃섬 별에 관하여 공부하기
로 하였어요. 향아는 엄마에게 마루는 아빠에게 꽃섬 별
에 관하여 물어보기로 하였지요.

향아와 마루는 여행에 대한 들뜬 마음으로 모든 것이
행복하고 즐거웠어요. 온통 세상은 꽃향기로 가득하고
꿀물 줄기마다 무지갯빛이 화려하게 빛나 일곱 강을 이
루고 있었지요.

빨강 주황 노랑 초록 파랑 남색 보라색 강들이 다정하
게 흐르고 있는 무지개 나라는 꽃섬 별들의 한가운데 있
었어요. 바람이 불고 햇살이 내려오면 무지개 일곱 강에

서는 저마다 빛을 내어 꽃섬 별들을 더욱 빛나고 아름답게 가꾸어 주었어요.

꽃섬 별 무지개 나라는 꽃섬 별 가운데 가장 큰 나라여서 언제나 다른 꽃섬 별들이 존경하며 따르는 곳이었지요. 향아와 마루는 꽃섬 별 여행의 이름도 짓기로 하였지요.

"어떤 이름을 지어 주면 좋을까?"

향아의 말에 마루는 가만히 앉아 생각해 보았습니다.

"음! 그런데 우리 이름 짓는 거, 꽃섬 별에 관하여 공부하고 꽃섬 별 여행 이름을 지으면 안 될까? 우리는 꽃섬 별에 대하여 아무것도 모르잖아. 어디 먼저 갈지 정하고 차근차근 준비하고 이름도 지으면 더 좋을 것 같아. 향아야, 네 생각은 어떠니?"

향아도 마루의 생각이 옳다고 고개를 끄덕였어요.

"그래그래, 우리 먼저 꽃섬 별 공부하자."

"그럼, 지금부터 꽃섬 별에 관하여 공부하자."

향아와 마루는 꽃섬 별 공부를 약속하고 희망에 찬 기쁨으로 한참을 이야기하며 밖으로 나갔어요. 햇살이 내린 곳곳마다 일곱 빛깔 꽃이 피어나고 꽃향기는 일곱 향기로 온 무지개 나라를 가득 채우고 있었지요. 무지개 나라 사람들도 온통 무지갯빛으로 빛나고 있었어요.

향아와 마루는 친구들과 신나게 꿀물 무지개 강가에서 무지개 모래 위에 커다란 얼굴을 그려 놓고 깔깔거리며 웃음꽃을 피워 냈지요. 무지개 그네를 타고 하늘 높이 왔다 갔다, 무지개 끝에 매달린 시소에는 아이마다 이리저리 오르내리며 신나게 놀고 있지요. 무지개 강은 아이들이 놀 수 있도록 무지개 고운 빛 놀이터를 내주었어요.

무지개강 놀이터에는 언제나 풍요로운 꿀물이 있어 아이들은 무지개 강물이 주는 향기로 배고픈 줄 몰랐어요. 재미있는 무지개 놀이터에서 아름다운 황금빛 해님이 내일 보자며 인사할 때까지 놀았어요. 한참을 신나게 놀아도 재미있는 무지개강 무지개 고운 빛 놀이터는 언제나 새로운 놀이기구를 아이들 생각 따라 내어 주었지요. 무지개 강물 무지개 고운 빛 놀이터는 아이들이 생각하는 모든 것을 만들어 주는 마법의 놀이터였지만 아이들은 아무것도 알지 못했지요. 아이들은 무지개강 무지개 고운 빛 놀이터는 늘 그러하기 때문에 그러한 생각을 하지 못하는 것이었어요.

아이들이 하나둘 사라져 가자, 아이들이 그려 놓은 커다란 얼굴은 무지개 꽃으로 변하였고 커다란 무지개 꽃

은 두둥실 날아올라 반짝반짝 빛나는 꽃섬 별들 사이에
앉아 방긋 웃고 있었지요.

3. 세상을 배우다

저녁밥을 먹으러 밖에서 놀다 돌아온 향아는 엄마에게
다가서서 조용히 물었어요.

"엄마, 저기 저 빛나는 꽃섬 별들에는 누가 살고 있어
요? 그곳에는 어떤 꽃들과 강물이 흐르고 있나요? 그곳에
도 무지개 고운 빛 놀이터가 있나요?"

엄마는 향아를 바라보고 조용히 웃으시며 "향아야, 우선
손부터 씻고 발도 씻고 밥부터 먹자. 배가 불러야 저 꽃섬
별 이야기도 머릿속에 잘 새겨져 기억해 낼 수 있거든."

엄마 말씀에 향아 배속에서는 꼬르륵 소리가 났어요.

"히! 엄마, 알았어요. 밥 먹고 꼭 이야기해 주셔야 해요."

"그래, 알았다. 예쁜 우리 딸. 아빠가 들어올 때까지만
이야기해 준다. 아빠 들어오시면 피곤하시니까. 아빠 식
사도 빨리 준비해 드려야 해, 알았지?"

"네, 엄마."

향아는 쏜살같이 무지개 향 물로 세수하고 발도 닦고 밥상에 앉았지요. 오늘 저녁은 무지개 꽃 꿀떡으로 가득 차려졌어요. 후다닥 소리가 나도록 향아는 맛있는 저녁을 먹고 엄마 곁으로 다가섰어요.

엄마는 "향아야, 조금만 천천히. 모든 것은 천천히, 그리고 고요하게 움직여 가야 하는 거야. 너무 급하면 탈이 나고 너무 늦어도 게을러져서 안 되는 거지. 언제나 한결같이 적당할 줄 알아야 세상이 편안하고 평화로워지는 것이란다."

"엄마! 엄마는 어떻게 그런 걸 알고 계세요?"

"응! 엄마도 너처럼 어려서부터 너의 외할머니인 엄마의 엄마로부터 보고 배워 왔거든. 지금도 엄마는 모든 생명과 자연에서 계속 배워 가면서 살아가는 거란다. 너도 엄마처럼 살아가면서 계속 배워야 하는 거야. 우리는 언제나 배우고 서로 가르쳐 주며 더불어 살아가는 거란다. 우리가 살아가는 것은 모두가 아름다워야 하는 거야. 생각하고 말하고 행동하는 것이 모두 아름다우면 온 세상이 아름답게 꽃으로 피어나는 것이지. 엄마도 너처럼 자라날 때 이것저것 다 궁금했었어. 지금 향아를 보면서 엄마는 향아처럼 꽃섬 별들이 엄마를 불러 이야기 해 주는 것 같아. 엄마는 향아를 보는 것이 너무 행복하단다."

"엄마, 그런데 엄마, 언제 꽃섬 별 이야기해 주실 거예요? 엄마 이야기 듣고 있으면 편안하고 재미있고 좋아요. 엄마, 비밀 하나 이야기할게요. 엄마만 알고 있어야 해요. 아빠에게도 말하면 안 돼요. 꼭 엄마만 알고 있어야 해요. 아빠한테도 절대 말하면 안 돼요. 자, 엄마 약속해요."

향아는 새끼손가락을 내밀었어요. 엄마와 향아는 새끼손가락을 걸어 약속했어요.

"엄마, 오늘 아침 햇살에 눈을 뜨자마자 갑자기 꽃섬 별에 가고 싶은 생각이 났어요. 꽃섬 별들을 정말 여행하고 싶어졌어요. 함께 갈 친구를 찾아서 가려고 생각했는데, 그때 마루가 와서 문을 두드리는 거예요. 너무 신기해서 함께 이야기했어요. 그런데 신기하게도 오늘 아침 마루도 나와 똑같은 생각을 했대요. 엄마, 정말 신기하죠? 우리 둘이 꽃섬 별 여행을 가기로 했어요. 여행하기 위해 미리 꽃섬 별 공부도 하기로 했어요. 향아는 우리 엄마에게 배우고 마루는 마루 아빠에게 배우기로 했어요. 엄마! 엄마, 꽃섬 별 여행해 보셨어요? 우리 엄마는 모르는 것이 없는 걸 보면 엄마도 향아처럼 여행을 하고 싶어 했겠지요. 엄마는 언제 꽃섬 별 여행하셨어요?”

향아의 질문에 엄마의 얼굴에는 환한 미소가 가득 피어나고 있었어요.

“향아야, 저 꽃섬 별에는 아주 특별한 꽃들이 살고 있는데 모두 우리처럼 말을 하고 가족들이 모여 사랑으로 노래하며 행복하게 살아간단다. 우리들의 모습이 행복하면 저기 저 꽃섬 별들의 모습도 행복하고 우리가 힘들어하면 저기 저 꽃섬 별들도 모두 힘들어하지.

엄마도 향아만 할 때 처음 꽃섬 별 여행하고 싶어서 외할머니에게 향아처럼 물어보았단다. 외할머니는 웃으시며 엄마가 향아에게 했던 말처럼 아주 천천히 알려 주셨지. 엄마는 외할머니의 이야기가 너무 재미있어서 매일매일 외할머니 곁에서 이야기를 들었단다. 그때마다 외할머니는 일을 하셨는데 일을 하시면서 들려주시는 꽃섬 별 이야기를 듣다 보면 나도 외할머니처럼 일을 하는 거야. 참 신기하지 이야기도 듣고 일도 배우고 그래서 지금 향아에게 맛있는 음식을 해 줄 수 있는 거란다. 외할머니의 꽃섬 별 이야기에는 언제나 향기가 났어. 맛있는 무지개 과일과 꽃꿀 향기들이 각각 다른 모양으로 언제나 즐거운 노래와 웃음을 담아 이야기가 끝날 때마다 눈앞에 놓였거든. 이제부터 엄마도 향아에게 외할머니처럼 맛있는 이야기를 해 줄 거란다. 그런데 이 이야기는 꼭 웃으며 들어야 향기가 난단다. 향아는 늘 웃으니, 향기가 더욱 좋을 거야."

"엄마! 엄마 이야기는 언제나 맛있는 향기가 나요. 향아도 엄마 따라 설거지하면 안 될까요? 해 보고 싶어요."

엄마는 조용히 옆자리를 비워 놓았어요. 달그락거리는 소리와 수도꼭지에서는 무지개 물이 조용하게 흘러내리고 무지개 강물이 주는 아름다운 노랫소리가 온 집안에 울려 퍼졌어요. 달그락거릴 때마다 엄마의 이야기도 함께 무지개 향기가 되어 온 집으로 가득 채워지고 있었어요.

무지개 달빛이 환하게 비춰주는 마루의 집에서도 꽃섬별 여행 이야기는 꽃망울처럼 피어오르고 있었지요.

4. 꿈을 향한 길

마루 집에는 언제나 꿀로 만들 음식들로 넘쳐나고 있었어요. 마루 엄마는 언제나 깔끔하게 집 안 정리를 하고 음악을 즐겨 들으며 조용하고 차분하게 노래하듯 말씀하셨기에 마루는 엄마의 모습에서 언제나 규칙을 찾아보곤 하였어요. 엄마가 음악을 듣고 나면 무엇을 하시는지, 청소는 언제 하시는지를 모두 알고 있었지요. 마루 엄마는 특별한 능력을 지니고 있었는데 늘 평온하므로 노래하며 집안 살림을 잘 가꾸어 가셨어요.

마루 아빠는 늘 일찍 집으로 돌아오시기 좋아했지요. 언제나 깨끗하고 맑은 음악이 흐르고 아름다운 부인과 든든한 아들이 있는 곳이기에 몇 분 몇 초라도 먼저 집에 가서 쉬고 싶어 했어요. 마루 아빠는 무지개 나무를 관리하는 정원사였어요. 마루 아빠가 키워 내는 무지개 나무는 무지갯빛이 더 크고 아름다워 모든 무지개 나라와 꽃섬 별 사람들이 좋아했지요. 마루 아빠 무지개 나무에서는 늘 음악이 흘러나왔는데 그것은 마루의 엄마가 들려주었던 음악을 생각하면서 아빠가 일을 하므로 나무마다 음악이 흘러나오는 것이었지요.

마루 엄마가 아빠에게 드리는 차는 특별하여 언제나 음악과 향기가 흘러나와서 아빠는 늘 엄마의 차 맛을 생각하며 일을 하였어요.

나무마다 무지개 꿀이 흘러넘쳐 무지개 강으로 흘러가면 무지개 강물은 꿀물이 되어 바람과 햇살 따라 여러 꽃 섬 별에 전해지는 것이지요. 오늘도 마루 아빠는 환한 얼굴로 집으로 돌아오셨지요.

"오늘 집안 향기가 더욱 향기롭네. 음악 소리는 나를 반겨 주고, 나처럼 행복한 사람 없을 거야. 아름다운 부인과 든든한 아들이 나를 반겨 주니 나는 영원한 행복을 얻은 것 같아 너무 행복하네."

아빠의 문 앞 큰 소리는 집안 모두를 기쁘고 행복하게 해 주었어요.

"아빠! 잘 다녀오셨어요."

"여보! 오늘도 고생하셨어요. 우리 가족을 위해 언제나 즐겁게 일하시고 돌아오시는 당신을 보면 나는 참 행복한 사람이에요. 당신이 있어서 나는 늘 기쁘고 행복으로 가득 채워져 있나 봐요. 오늘 당신이 더 멋져 보여요."

어느새 집안은 웃음 가득한 향기로 가득 채워지고 저녁 밥상 위에는 엄마의 화려한 음식 솜씨가 춤을 추듯 신이 나서 멋진 음악으로 향기로 맛으로 아빠 엄마 마루에게로 다가갔지요. 아빠는 밖에서 있었던 일들을 재미있게 들려주며 저녁 밥상을 더욱 빛나게 해 주었어요. 엄마의 얼굴에는 환한 미소가 가득하고 마루의 눈에는 반짝반짝 빛이 나고 있었지요.

마루 아빠는 이야기를 재미있게 잘하셨어요. 다른 사람이 들려준 이야기도 아빠가 다시 해 주면 모두 기뻐하고 즐거워하며 좋아했지요. 오늘도 아빠의 이야기를 듣고 있던 마루는 아빠의 말솜씨가 다른 사람들과 다르다는 사실을 확신하였어요.

오늘 아빠는 무지개 나무에 꿀물을 주시다가 문득 무지개 나무에게 노래를 들려주었대요. 아빠가 들려준 노래는 아무도 부르지 않은 새로운 노래였는데, 무지개 나무는 너무 좋아 가지와 잎마다 노래를 새겨 바람이 지날 때마다 전해지도록 간직했어요. 멀리서 무지개 나무 바람 소리에 아빠의 노래가 실려 들려오고 있어요. 엄마와 아빠, 마루도 무지개 나무가 들려주는 노래에 귀 기울여 환한 미소를 지어요.

저 멀리 꽃섬 별 아름다운 이야기

모두가 만들어 낸 행복의 노래

저 멀리 들려오는 소리마다 언제나 우리는 행복하네

서로 함께 사랑하며 서로 함께 나누면

또다시 들려올 우리들 노래

향기로 함께 만들고

꽃으로 피워낸 무지개 꽃섬 별

봄 여름 가을 겨울

언제나 기쁨으로 가득한 축복의 꽃섬 별

우리는 하나

나눠질 수 없는 하나

한 세상 한 마음으로

꿀처럼 달콤한 행복 나누고

꽃처럼 아름답게 사랑하여

꽃향기 가득하도록 우리 함께 이룩한 꽃섬 별

꽃섬 별 이야기

아빠가 들려준 꽃섬 별 이야기 노랫소리가 무지개 나라
에 울려 퍼져 나가고, 꽃섬 별까지 퍼져나가며 또다시 울
림으로 온 세상이 채워져 갔지요. 마루는 아빠의 얼굴을

쳐다보며 생각했어요.

'우리 아빠는 꽃섬 별의 비밀을 알고 계시나 보다. 아빠의 노랫소리를 전하는 무지개 나무도 아빠의 비밀을 전해 주는지도 몰라. 우리 아빠는 꽃섬 별을 정말 잘 알고 계실 거야.'

마루는 아빠에게 눈을 떼지 못했어요. 엄마는 마루에게 웃으며 말씀하셨어요.

"마루야, 아빠 얼굴 뚫어지겠어. 아빠가 그렇게 좋아? 엄마가 질투한다." 하시며 웃으셨어요.

그때야 마루는 아빠에게서 눈을 떼었지요. 마루는 아빠에게 다가서며 말하였어요.

"아빠! 아빠에게 꽃섬 별 이야기를 듣고 싶어요. 오늘 향아 하고 약속했어요. 향아와 함께 꽃섬 별 여행을 떠나기로, 여행하기 전에 꽃섬 별에 관하여 공부하고 여행 이름도 짓기로 했어요. 아빠! 도와주실 거지요?"

마루의 말에 아빠는 굵은 목소리로 "마루야, 꽃섬 별은 아주 특별하단다. 꽃섬 별은 우리 모두의 마음이지. 그 꽃섬 별은 언제나 갈 수 있어. 하지만 꽃섬 별은 아무에게나 그 향기와 꿀을 내어주지는 않는단다. 아빠도 아주 오래전부터 꽃섬 별 이야기를 듣고 자랐단다. 꽃섬 별에 가면 누구나 진실해지거든. 거짓이 없어지는 거야. 꽃섬 별마다 모양이 다르고 향기도 다르고 맛도 다르지만 언제나 한결같이 진실한 모습을 보여 주거든."

마루는 아빠의 말씀이 더 무게 있게 들려왔어요.

무지개 달빛이 마루의 집을 비춰 주었고 아빠의 이야기에 귀 기울이는 마루는 엄마의 환한 미소에서 엄마도 아빠처럼 꽃섬 별에 대하여 알고 계신다는 것을 알 수 있었어요. 아빠의 이야기들이 집 안에 가득 채워지고 창문을 따라 밖으로 퍼져 나갔어요. 무지개 달빛도 아빠의 말을 듣고 있었지요. 무지개 나무의 노랫소리는 아빠의 이야기를 더욱 빛내 주었어요. 무지개 달빛이 마루의 눈가에 내려앉아 쉬고 있는데 마루의 눈은 조금씩 아래로 아래로 내려갔어요. 엄마의 다정한 노랫소리가 들려왔어요.

"마루야, 안에 들어가서 자거라."

아빠의 이야기를 듣다가 그만 잠이 들었던 것이어요. 마루가 정신을 차려 방으로 들어오자 무지개 달빛도 따라 들어와 마루의 눈 위에 앉아 놀고 있었지요. 마루는 어느새 쿨쿨 꿈속으로 달려갔어요. 꿈속의 마루는 매화꽃섬 별로 달려갔어요.

무지개 달빛에 나타난 매화꽃섬 별은 너무도 선명하게 나타나 보였고 그곳에 사는 꽃과 사람들도 모두가 향기가 나고 아름다워 보고 듣는 소리마다 사랑이 넘쳐났어요. 그러나 그 꿈속의 매화꽃섬 별은 바람 따라 이리저리 오가며 마루에게 설 자리를 주지 않았어요. 마루는 생각했어요.

"왜 이럴까? 여기는 지금 어디일까?"

마루의 생각들이 대답하기 시작했어요.

"마루야, 여기는 매화꽃섬 별이야. 여기는 무지개 나라로부터 칠 일을 와야 해. 그런데 마루가 특별한 아이기 때문에 미리 와서 보는 거야. 여기는 모든 꽃섬 별로 가는 문이지. 오직 이곳을 통하여야만 다른 꽃섬 별로 갈 수 있어. 첫 번째 매화꽃섬 별을 쉽게 들어오려면 착하게 살아야 하는 거야. 두 번째는 이곳을 지나려면 아무런 생각이 없어야 하지, 그러면 이 문은 쉽게 통과할 수 있어. 그리고 늘 아름다움을 볼 수 있어야 하고, 즐거운 노래를 들을 수 있어야 해. 고운 향과 부드러운 말, 정직한 행동, 행복한 생각을 할 줄 알아야 하지. 한 가지라도 할 줄 알면 이곳을 지나갈 수 있지.

이곳은 특별한 곳이지만 모두가 지나가는 곳이야. 하지

만 아는 사람은 그리 많지 않지. 이곳을 지나는 이들은 언제나 무지개 고운 빛이 따라다니지. 한 가지 이상 특별한 능력을 지니게 되는 거야. 자기 능력에 따라 돋보여지게 하지. 무지개 요정의 무지개 가루가 뿌려져 빛이 나는 거야. 오늘 마루에게 들려주는 이야기는 특별한 것이야. 꼭 기억해야 해."

마루는 꿈속에서 들려주는 매화꽃섬 별의 이야기를 새기며 쿨쿨 잠을 잤어요. 어제처럼 아침 햇살이 창문을 두드렸지요.

마루는 벌떡 일어나 창가에 다가섰어요. 저기 꽃섬 별하나가 햇살에 반짝이며 손짓하는 것 같았어요. 새들은 무지개 노래 부르고 나무마다 무지갯빛을 자랑하며 기지개를 켰지요.

무지개 강가에서는 일곱 겹 다리가 하늘 높이 올라 아침 햇살 따라 춤추고 있었어요. 마루는 향아를 생각했어요.

'향아는 어떤 꿈을 꾸었을까?'

마루가 향아 생각을 하고 있을 때, 향아도 마루처럼 생각했어요.

'마루는 무슨 꿈을 꿨을까? 나와 같은 꿈 꾸었을까?'

창문에 다가선 햇살이 반갑게 인사를 하자. 향아와 마루는 햇살에게 밝은 인사를 하였지요.

5. 이정표

향아와 마루는 여행에 대한 많은 이야기들을 듣고 많은 꿈을 꾸며 많은 시간이 지나갔어요.

이제 꽃섬 별 여행 이름을 짓기로 하였어요. '신기한 꽃섬 동산 별나라', '꽃섬 별 여행 이야기', '향아와 마루의 꽃섬 별 여행' 등 많은 이름이 지어졌어요. 하지만 아직 마음에 들지 않았어요. 그러다 향아와 마루는 자신이 가장 좋아하는 말을 하나씩 적어 보기로 하였지요.

향아는 '무지개 나라'라고 적었어요.

마루는 '꽃섬 별'이라 적었지요.

향아는 엄마 아빠가 보살펴 주는 무지개 나라가 너무 행복하고 기뻐서 매일매일 웃을 수 있었거든요. 마루는 호기심이 많았어요. 무지개 나라도 좋지만, 더 많은 것을 알고 싶었어요. 마루는 엄마 아빠가 들려주신 꽃섬 별 이야기와 꿈속 매화꽃섬 별 이야기를 생각하면서 꽃섬 별을 적은 것이에요.

향아와 마루는 꽃섬 별과 무지개 나라를 놓고 한참을 바라보았어요. 그러다 향아와 마루는 누가 먼저라 할 것 없이 "꽃섬 별과 무지개 나라." 하고 읽었지요.

향아와 마루는 서로를 바라보면서 환하게 웃었어요. 서로를 바라보며 웃다가 마루가 말했어요.

향아와 마루는 꽃섬 별과 무지개 나라를 여행하며 고개를 갸우뚱하며 웃었어요. 향아는 꽃섬 별 무지개 나라 여행이 좋겠다고 하였어요. 향아와 마루는 여행의 이름을 큰 소리로 읽어 보았어요.

"꽃섬 별 무지개 나라."

모든 무지개 나라와 꽃섬 별들이 들었어요. 무지개 나라 모든 꽃이 듣고 기뻐하며 즐거운 빛과 노래로 향기를 보내 주었어요. 무지개 강물도 출렁거리며 무지개 꿀물을 꽃섬 별마다 뿌려 주었어요. 그리고 무지개 나라에 사는 모두 이들이 다 듣고 손뼉을 치며 고운 음성으로 축복하는 노래를 불러 환영해 주었어요. 향아와 마루는 이제 모든 것이 준비된 것 같아 기뻐했어요. 이제 매화꽃섬 별 이야기를 생각해 보기로 하였지요. 향아와 마루는 매화꽃섬 별의 이야기를 알고 있었지요.

하지만 서로 매화꽃섬 별에 대하여 이야기하지 않았어요. 조금 더 공부해서 이야기해야지 하며 지나온 것이었지요. 향아와 마루는 서로 공부한 꽃섬 별 이야기와 매화꽃섬 별 이야기를 하기로 하였지요.

첫 번째 여행지 매화꽃섬 별은 향아와 마루가 풀어야하는 숙제가 되었어요. 하지만 걱정은 하지 않았어요. 매화꽃섬 별은 아주 가까우면서 향기가 짙어 누구라도 볼수 있는 곳에 있었어요. 매화꽃섬 별은 봄이 오면 가장 먼저 꽃향기를 선사해 주곤 하여 모두가 좋아하는 꽃섬 별이었지요. 향아와 마루는 매화꽃 향기를 따라가기로 하였어요. 부지런히 매화꽃섬 별 있는 곳까지 가서 해야 할것들에 대하여 이야기를 나누기로 하였어요. 향아는 엄마의 말씀이 생각났어요.

"향아야, 매화꽃섬 별은 아주 특별하단다. 그곳을 다녀온 사람은 어디든지 갈 힘이 생겨서 우리 무지개 나라에서 보이는 꽃섬 별과 보이지 않는 꽃섬 별까지 모두 다닐수 있는 것이란다."

"엄마 그러면 매화꽃섬 별은 어떻게 가요?"

"응, 그것은 어렵지 않아요. 착한 어린아이에게는 일곱 빛깔 무지개 계단이 보인단다. 그 일곱 빛깔 무지개 계단은 힘들지 않아서 아주 가볍게 갈 수 있지. 무지갯빛 일곱 계단이 있는데 그 계단마다 아주 특별한 힘을 주거든. 무지갯빛 일곱 계단에는 일곱 빛깔 매화가 계단마다 피어 있지. 일곱 계단을 오르면 매화꽃섬 별이 나타나는 거야."

"그럼 엄마도 매화꽃섬 별에 갔었네요?"

"그렇지요."

"우와! 우리 엄마, 그럼, 엄마는 꽃섬 별들을 모두 갈 수 있네요."

엄마는 조용히 웃으시며 매화꽃섬 별 이야기를 계속하셨어요.

"이제부터 엄마가 하는 말을 잘 기억해야 해. 이것은 매화 꽃섬 별을 가는 것이면서 무지개 나라에서 살아가는 방법이기도 하지. 향아야, 배고프지? 우리 맛있는 것 해서 먹을까?"

"엄마가 해 주시는 것은 모두 맛있는데."

향아는 가볍게 엄마를 쳐다보며 살짝 웃어 보였어요. 향아가 웃을 때마다 매화꽃 향기와 국화 향기가 넓게 퍼져 나간다는 것을 향아는 알지 못했지만, 엄마는 향아의 향기를 맡으며 즐거워했어요.

"음, 그러면 매화꽃으로 예쁜 화전을 할까? 매화 꽃차도 마시면서 천천히 이야기해 줄게."

엄마는 늘 향기로 음식을 만들었고 무지개 꿀물과 꽃을 곁들여 아주 멋이 있고 귀한 느낌을 주었어요. 향아는 엄마의 맑고 고운 향기를 알고 있었어요. 엄마에게는 늘 향기가 나서 누구든지 알 수 있었지만, 향아는 더욱 엄마의 향기를 잘 알고 있었어요. 아빠는 늘 엄마를 매화꽃 향기라고 했기 때문이에요.

한겨울 추위에 꽃망울 터트리며 피어난 매화꽃은 그 향기가 무지개 나라와 꽃섬 별 모든 곳까지 퍼져 나가 끝없는 무지개가 펼쳐 나간 우주 끝까지 날아가지요. 엄마의 향기는 언제나 편안하고 조용하고 꾸준하게 하는 아름다운 마음을 지니도록 이끌어 주었어요. 아빠는 엄마의 이 특별한 향기를 따라오다가 엄마를 만나서 사랑하게 되었대요.

향아는 문득 엄마가 매화꽃섬 별 공주 같다는 생각이 들었어요. 엄마 곁에는 항상 커다란 매화꽃 그림이 있었기 때문이지요. 엄마가 매화꽃을 바라보면 그림 속 매화꽃은 활짝 웃으며 꽃향기를 내고 있었어요. 일곱 빛깔 매화는 언제나 엄마 곁에서 활짝 웃음꽃 피우며 저마다 다른 향을 내고 있었지요.

향아의 궁금증은 더욱 날개를 펴듯 커져만 갔어요. 향아의 이런 모습을 보고 엄마는 향아를 향해 웃으시며 "매화꽃섬 별에는 아주 특별한 분들이 살고 있단다. 그곳에는 모두가 매화꽃으로 집을 짓고 음식도 옷도 모두 매화꽃으로 되어 있지. 매화꽃섬 별에는 이 세상을 만들어 내는 특별한 힘이 있지. 매화꽃섬 별에 가기 위해서는 매화꽃 향기를 많이 모아야 하는데 그 꽃향기는 특별해서 손으로 잡을 수 없어. 그 꽃향기를 잡으려면 일곱 계단을 따라가면서 맑은 마음으로 모두에게 사랑을 베풀어야 한단다.

첫 번째 계단은 빨간색으로 빨간빛을 내고 있는데 언제나 불처럼 뜨겁게 활활 타고 있지. 그 불은 맑은 마음은 태우지 못하지. 그 불길 속 빨강 계단은 향아를 매화꽃섬 별로 이끌어 주는 특별한 힘을 주는 지혜의 불이란다. 두려워하거나 믿지 못하면 오를 수 없는 곳이지. 엄마도 아빠도 모두 그 길을 걸어서 올라갔었지."

향아는 깜짝 놀라며 "엄마, 정말이세요?"

향아는 엄마가 매화꽃섬 별 공주가 아닐까 다시 생각했

어요. 향아의 말과 생각에 엄마는 웃으며 향아의 말과 생각을 알고 있는 듯, "그곳에는 늘 아버지 어머니가 계시거든."

향아는 이해할 수 없다는 듯 고개를 옆으로 갸우뚱하며 생각하였지요.

"향아야, 너무 생각하지 말아라. 향아가 매화꽃섬 별에 가면 모두 알게 될 거니까." 하시며 매화꽃 같은 웃음을 지으셨어요.

"첫 번째 계단은 악한 마음을 가진 사람에게는 두려움이 되고 착한 사람에게는 아름다운 빨강 매화꽃으로 보이거든. 우리 향아는 틀림없이 빨강 매화꽃으로 보일 거야."

향아는 엄마의 이야기를 듣다가 혹시 잘못한 것이 없나 살펴보았지요. 무지개 나라에는 모두가 착하게 살고 있기 때문에 향아 엄마는 향아가 첫 번째 계단을 무사히 지나갈 것을 확신했어요.

하지만 엄마는 향아에게는 아주 조금만 힘이 될 정도로 일러 주었지요. 그것은 겸손함을 가르쳐 주는 교육이기 때문이었어요. 엄마의 이야기를 듣고 있노라니 어느새 아빠의 국화꽃 향기와 발소리가 났어요. 아빠의 발소리보다 먼저 들어온 국화 향기는 온 집안을 가득 채우고 엄마의 향기를 조금 밖으로 내보냈지요.

아빠는 밖에서부터 "아! 매화꽃 향기가 나네!"

흥얼거리며 향기를 따라 들어오시면서 "우리 향아도 매화꽃 향기가 나네." 하시며 큰 팔을 벌려 안아 주었어요.

엄마는 아빠 곁으로 다가서며 눈을 감고 한참을 서서 있었지요. 아빠는 "여보! 나 배고파요." 하며 엄마를 꼭 안아 보았어요. 매화 꽃향기와 국화꽃 향기로 온 집안은 들썩거리며 창문 밖 저 멀리 무지개 나라를 가득 채우고 꽃섬 별도 지나고 우주 끝까지 퍼져 갔어요. 아빠의 국화 향기가 매화 향기와 섞여서 새로운 향기가 나오는 것 같았어요. 향아에게는 매화꽃 향기와 국화꽃 향기가 함께 나고 있는 것을 아빠도 알고 있었지요.

아빠는 엄마의 모습을 바라보며 아주 행복한 웃음이 귀까지 걸려 있었어요. 향아는 그런 아빠가 너무 귀엽다고 생각했어요. 엄마의 멋있고 맛있는 매화꽃 화전과 매화꽃 차는 더욱 향기가 짙어져 향아의 마음도 매화꽃처럼 활짝 피어났어요.

아빠는 향아를 보며 "요즘 향아가 너무 즐거워 보여. 아빠에게 숨기는 것 있지? 무슨 즐거움을 아빠에게 숨기고 있을까."

아빠는 장난치듯 향아에게 말을 걸었어요. 하지만 향아는 입을 꾹 다물고 엄마에게 눈빛을 보냈어요. 엄마는 살짝 웃으시며 "요즘 향아가 맑고 좋은 생각을 많이 하나 봐요." 하시며 아빠에게 매화 꽃차를 더 따라 드렸어요. 매화꽃 향기는 아빠의 온몸을 지나 향아에게까지 전해졌지요. 엄마는 지긋이 웃으시며 "향아야, 오늘은 첫 번째 계단 이야기까지 했다." 하시며 매화꽃보다 더 고운 미소를 보내 주었어요. 엄마의 말을 듣고 있던 아빠는 금방 뭔가 알았다는 듯 고개를 끄덕였어요.

향아가 아빠에게 고운 향기 가득 담아 인사하고 향아의 예쁜 향기 방으로 들어갔지요. 향아는 방으로 들어가 "휴우!" 하며 "들킬 뻔했네."

향아는 안도의 숨을 내쉬었어요.

6. 꿈길에 머물다

향아의 방에 커다란 매화꽃과 국화꽃 그림에서는 짙은 매화꽃 향기와 국화 향기가 향아를 기다리며 졸고 있었

지요. 무지개 달빛이 향아 방을 가득 채우자 향아는 새근
새근 잠들었어요.

잠이 든 향아는 엄마의 이야기 속으로 들어갔어요. 매
화꽃섬 별의 매화꽃 계단은 일곱 계단으로 무지개색을
가지고 무지갯빛을 놓고 있었지요. 향아는 첫 번째 계단
을 바라보았어요.
활활 타고 있는 빨강 불꽃이 첫 번째 계단을 지키고 서
있었어요. 불꽃들은 향아에게 어서 오라 손짓하는 듯했
어요.
향아는 착한 사람에게는 빨강 매화꽃이 보인다는 엄마
의 말을 기억하고 있었어요. 가만히 빨강 불꽃을 바라보
니 어느새 아름다운 빨강 매화꽃 한 송이가 곱게 피어 향
아에게 손을 내밀고 있었지요. 향아는 이제 두렵지 않았
어요. 아침 햇살이 창문을 두드리자, 향아는 기쁜 마음으
로 문을 열고 문틀에 기대어 지난밤 꿈을 생각하고 있었
어요. 향아의 이런 모습을 바라보던 마루가 향아를 툭! 치
며
"향아야, 뭐 하니?"
생각에 빠졌던 향아는 "아, 엄마가 들려준 이야기가 생

각이 나서." 하며 마루에게 첫 번째 계단에 대하여 말해 주었어요.

마루는 고개를 끄덕이며 향아를 향해 큰 소리로 말했어요.

"향아야, 너에게는 매화 향기가 나. 그리고 어느 때는 국화 향기도 나거든. 너는 틀림없이 내 꿈에서 본 매화꽃섬 별 여왕일 거야. 우리가 저 매화꽃섬 별에 가면 그곳에 사는 모든 매화꽃섬 별 사람들이 향아를 알아볼 것 같아."

마루의 말에 향아는 마루가 더욱 멋있는 친구로 보였어요. 향아와 마루는 무지갯빛을 따라 즐겁게 이야기하다가 집으로 돌아갔어요. 마루의 집에는 무지개 달빛이 마루를 맞이하고 있었지요. 엄마의 음악 소리는 저 멀리서도 들렸어요. 마루는 엄마의 음악 소리를 너무 좋아해서 듣기만 하여도 저절로 흥이 났지요.

마루가 집 안으로 들어가자, 엄마는 마루에게 커다란 웃음을 선사했어요. 마루의 얼굴에는 늘 기쁨이 넘쳐 있음을 엄마는 알고 있었지요. 마루에게는 아주 특별한 소리가 났어요. 움직일 때마다 아름다운 음악이 흘러나왔지요. 음악 속에는 달콤한 꿀 향기가 가득했어요. 무지개 꿀물과 무지개 향기가 모두 들어 있었지요. 마루의 말 한 마디 한마디는 언제나 달콤하고 정직한 향기가 퍼져 나 갔어요.

엄마가 좋아하는 음악 소리와 아빠의 아름다운 시들이 서로 만난 마루의 말은 언제나 기쁨으로 가득했지요. 그 런 마루의 능력을 누구보다 잘 아는 것은 향아예요. 물 론 마루 엄마 아빠 빼고요. 마루는 아빠가 오시기를 기다 렸어요. 아빠에게 더 많은 이야기를 듣고 싶었어요. 매화 꽃섬 별을 가려면 많은 것을 배워야 한다고 생각했지요. 하지만 아빠와 엄마는 그렇게 생각하지 않았어요. 그러 나 이야기해 줄 수는 없었어요. 그것이 무지개 나라의 아 름다움을 가르쳐 주는 교육이었기 때문이에요. 무엇이든 많이 안다고 생각하면 겸손하지 못하기 때문에 차근차근 배워 가는 것을 중요하게 여기는 것이었지요.

향아와 마루가 살고 있는 무지개 나라에서는 아주 조금 꼭 필요한 만큼의 음식을 먹고 지내고 있었지요. 무지개 나라의 무지개 꿀과 향기 등 모든 것이 부족하지 않은 것 은 다름 아닌 검소한 생활 덕분이었어요. 언제나 넘쳐나 는 향기와 꿀물이었지만, 꼭 필요한 만큼만 가져다 음식을 만들었던 것이지요. 무지개 나라와 꽃섬 별까지 모두가 넉넉하고 여유로운 것은 검소한 생활 습관 덕이었지요. 모두가 아름다움으로 가득한 무지개 나라를 행복해 했어요. 행복해하는 마음이 커질수록 꽃섬 별들도 커져만 가고 무지개 꿀물과 향기가 넘쳐 흘렀어요.

무지갯빛 비가 내리고 무지개 꿀물을 먹고 자란 곡식들도 모두 무지개 향기가 났어요. 풀과 꽃들도 모두 무지갯빛과 향과 꽃으로 온 세상을 무지개 나라로 향하도록 하였지요. 오늘 마루의 걸음걸이는 아름다운 음악으로 더 멀리 울려 퍼져 나갔어요.

또다시 아침은 향아와 마루의 창문을 두드려 주었고 향아와 마루는 매일매일 만나 매화꽃섬 별 이야기하며 여행 준비를 하였지요. 오늘은 두 번째 계단에 대하여 이야기를 나누기로 하였어요.

마루는 향아에게 씩씩한 목소리로 말했어요. 마루의 말소리는 언제나 아름다운 노래처럼 음악이 흐르고 있었지요. 마루는 아빠가 들려준 두 번째 계단 이야기를 생각하기 시작했어요.

"매화꽃섬 별 일곱 계단에 두 번째 계단이 있단다. 그 계단은 언제나 주황색 불꽃이 타오르고 있는데, 이것은 주황색 매화꽃이 주황색 빛을 내는 아름답고 영롱한 꽃 향기 빛이란다.

이 불꽃 주황색 매화꽃은 꾸준하여 한 번도 불이 꺼지거나 꽃이 떨어진 적이 없단다. 그 꽃은 향기와 꿀물이 흘러 조금도 넘치지 않으며 모자라지도 않아서 언제나 한결같이 아름다운 꽃과 향기로 가득하단다. 이곳은 첫 번째 계단이 주는 공덕의 선물이란다.

첫 번째 계단을 잘 지나오면 주황색 매화꽃은 반갑게 마중하여 곱고 곱게 맑으면 마음을 더 맑게 하여 영롱한 구슬을 만들어 내지. 영롱한 구슬이 만들어질 때까지 주황색 매화꽃은 한 번도 싫어하거나 짜증을 내지 않는단다. 늘 겸손하게 그리고 검소하게 지내면서 첫 번째 계단을 통해 올라온 이들에게 꾸준하게 인내하는 법을 가르쳐 주지. 두 번째 계단은 늘 꾸준한 힘으로 세지도 약하지도 않은 무지개 꿀물과 향기로 주황색 매화꽃을 고요하게 움직여 가며 맑은 마음을 더욱 빛나게 해 주는 곳이란다.

이 두 번째 계단은 언제나 고요하고 조용해서 리듬 하나하나가 평화롭단다. 말 한마디 한마디는 영롱한 구슬이 되어 빛을 낼 때까지 그곳에서 머물게 된단다. 영롱한 불꽃이 타오르는 두 번째 계단이 주는 힘은 언제나 근면

하고 부지런해서 무지개 나라를 지켜 내는 힘이 되는 것이기도 하지."

마루는 아빠의 이야기를 듣다가 문득 향아가 생각이 났지요. 빨리 알려 주고 싶었어요. 마루가 향아를 생각할 때 향아는 엄마의 품에 안겨 이야기를 듣다가 향기로운 잠을 자고 있었지요.

마루는 향에게 아빠가 전해 준 두 번째 계단 이야기를 해 주었어요. 향아는 마루의 이야기를 들으며 두 번째 계단을 생각해 보았습니다. 커다란 주황색 꽃이 활짝 웃으며 향아를 마중 나오는 것 같았어요.

향아와 마루가 두 번째 계단을 이야기하며 공부할 때 매화꽃섬 별 일곱 계단에서는 일곱 빛깔 무지개와 일곱 무지개 향기가 진동하며 매화꽃섬 별을 가득 채우고 무지개 나라와 온 꽃섬 별들로 퍼져 나가 우주 끝까지 가득 채워 나갔어요.

향아와 마루의 가슴 가득 무지개 향기와 빛이 채워지고 몸과 마음에서는 무지갯빛과 향기가 우주 끝까지 퍼져 나갔지요.

향아와 마루는 꽃섬 별들 가운데 매화꽃섬 별을 바라보

며 일곱 계단 하나하나를 세어 보았어요. 매화꽃섬도 소리를 내어 빨강 주황 노랑 초록 파랑 남색 보라를 외치며 무지갯빛과 무지개 향기를 내고 있었지요. 또다시 찾아온 무지개 달빛은 향아와 마루에게 휴식을 주었어요. 집으로 돌아온 향아와 마루는 세 번째 계단 이야기를 생각했어요.

세 번째 계단은 노랑색 빛 불꽃으로 타오르는데 그 불꽃은 노랑 매화꽃이 빛과 향기를 내는 것이었지요. 노랑 매화꽃 계단은 기쁨을 주어 늘 행복하여 욕심이 사라지고 언제나 밝은 모습으로 무지개 나라와 꽃섬 별들을 아름답게 이룩하는 힘이 있었지요. 세 번째 노랑 매화꽃 빛 향기 계단에 오르면 늘 행복하고 즐거워 다툼이 없는 힘이 생겨나지요.

향아와 마루가 세 번째 계단을 생각하며 있을 때, 온 꽃섬 별과 무지개 나라에는 무지개 달빛 향기가 퍼져 모두 안락한 잠을 자고 있었어요.

7. 꿈을 바라보며

무지개 달빛이 향아와 마루 눈가에 내려와 앉아 놀고 있을 때 커다란 무지개 초록빛 불꽃이 나타났지요. 매화 꽃섬 별의 네 번째 계단이었어요.

향아와 마루는 깜짝 놀랐어요. 향아와 마루는 꿈속에서 매화꽃섬 별 계단을 향해 가고 있었던 것이에요. 무지개 초록 불꽃에서는 무지개 초록빛 매화꽃이 활짝 피어났어요. 무지개 초록빛마다 무지개 초록 향기가 나고 무지개 꿀물 강이 흘러가고 있었지요.

네 번째 계단은 무지개 초록 매화꽃으로 향아와 마루를 마중하였어요. 무지개 초록빛 매화꽃에서는 무지개 초록 향기가 진동하였고 향기마다 무지갯빛 초록 매화꽃이 피어났어요. 네 번째 계단은 세 번째 계단이 주는 기쁨으로 모든 근심과 잘못된 생각들이 사라지게 하는 특별한 힘이 있지요. 향아와 마루는 모든 생각을 놓았어요. 그러자 세상은 더욱 밝고 맑아 무지개 나라와 꽃섬 별의 무지갯빛 향기와 꽃 빛들이 향아와 마루에게 금방이라도 다가올 듯 밝고 맑은 향기와 빛을 내고 있었지요. 기쁨으로 가득 찬 향아와 마루의 마음은 온 세상 무지개 나라와 꽃섬 별나라를 지나 우주 끝까지 퍼져 갔어요.

향아가 마루를 바라볼 때 무지개 초록 매화꽃은 더욱 짙은 향기를 내고 향기마다 무지갯빛은 더욱 밝게 빛나고 있었지요. 향아와 마루가 네 번째 계단을 지나 다섯 번째 계단에 오르자, 기쁨에 넘친 세상은 매화꽃섬 별의 다섯 번째 계단에 무지개 파랑 불빛으로 무지개 파랑 매화꽃과 무지갯빛 파랑 매화꽃 향기로 피어났어요. 향아와 마루는 무지개 파랑 매화꽃 향기에 앉아 있으니 모든 것이 사라져 내 것 네 것이 없고 나와 남이 없는 자리에 무지개 파랑 매화꽃 빛 향기 무지개 물결 향기의 평등한 자리에서 향기와 꽃 꿀물로 무지개 나라와 꽃섬 별들은 평화롭게 웃고 있었지요.

향아와 마루는 모든 것이 꿈만 같았어요. 향아가 마루에게 마음으로 이야기하여도 마루는 모두 알아듣고 대답하였지요. 마루의 생각도 향아가 모두 알고 있었어요. 향아와 마루는 아무런 생각과 말이 필요하지 않았어요. 무지개 나라와 매화꽃섬 별과 꽃섬 별들은 향아와 마루가 하나가 되어 무지개 매화꽃 향기와 무지개 매화꽃 빛 향기 꿀물을 모두에게 나누고 있음을 바라보며 다섯 번째 계단이 더욱 커다란 무지개 파랑 매화꽃 빛 향기로 가득 넘쳐나고 있음을 기뻐하였지요.

향아와 마루는 너무도 행복하고 기쁨에 차 모두에게 감사하고 은혜로워 몸과 마음에서 향기와 음악이 저절로 생겨 퍼져 나갔어요.

모든 것이 평등해지고 다섯 번째 계단이 평등한 즐거움으로 가득 차서 무지개 향기와 빛 꿀물 강이 빛날 때 여섯 번째 계단이 바다와 같은 색을 띠고 남색 빛으로 무지개 남색 매화꽃 빛 향기를 내며 향아와 마루에게 말 없는 말로 말 없는 말을 건네며 고요한 향기와 꿀물이 넘치는 여섯 번째 계단을 내주었어요. 무지개 남색 매화꽃 빛 고운 매화꽃 계단에서는 커다란 바다가 보여도 바다는 넘실거리지 않았고 언제나 고요할 뿐 무지개 물결마다 향기와 빛 꿀물들이 고요히 흐르고 빛나며 오고 가는 향기와 빛 물결마저도 향아와 마루를 고요함 속에 머물게 하였지요. 향아와 마루는 고운 꿈을 꾸는 것 같았어요.

무지개 남색 매화꽃 빛 향기가 무지개 나라와 꽃섬 별을 지나 우주로 퍼져 나갈 때마다 향아와 마루는 깊은 고요 속에 머물고 향기와 물결은 빛나고 우주 끝까지 가득 채워졌어요.

고요함 속 고요는 참으로 고요하여 남음이 없고 향기와 빛 물결 꿀물 강들도 열두 갈래 빛을 층층이 퍼져 나가며 빛과 향은 서로 오고 감에 자유로워졌지요. 온 세상 무지개 나라와 꽃섬 별들이 축복하는 향기와 꽃 빛을 내어 주자, 일곱 계단은 차례차례 빛나고 마지막 일곱 번째 무지개 보랏빛 매화꽃 빛 향기가 퍼져 나오며 보랏빛 매화꽃 계단이 향아와 마루 발아래 놓였지요. 향아와 마루는 똑같이 소리를 냈어요.

"아!"

어느새 향아와 마루는 매화꽃섬 별 왕궁에 올라앉아 있었지요. 이때 향아와 마루가 동시에 무지개 밝은 빛과 무지갯빛 향기로 무지갯빛 일곱 갈래 노래를 했어요.

박속에 우주요 우주 속에 박이로다
이것이 있으므로 저것이 생겨나고
저것이 있으므로 이것이 생겨났죠
이것저것 모두 사라지면 본래 자리
무얼 쫓아가려는지 모두 꿈이에요
온 세상 아름다운 축복의 꿈 밭이죠

부모 형제 위대한 성인의 축복 속에
스승님 이웃 친구들도 꽃향기예요
일곱 계단 곳곳마다 매화꽃섬 별나라
층층마다 열두 광명 무지갯빛 행복
일곱 계단 그 위 아름다운 꽃밭 장터
무지개 나라 꽃섬 별 평화의 노래여
일곱 빛깔 향기마다 일곱 겹 찬탄 노래
일체 세계 하나여서 나와 남이 없고
오직 하나 사랑으로 함께함이에요

향아와 마루의 노래, 향기, 소리는 무지갯빛과 무지개 향기 매화꽃이 되어 온 나라로 퍼져 가고 우주 끝까지 가득 채워졌어요. 매화꽃섬 별 사람들이 모두 나와 큰 소리로 향기와 음악을 보내 주었어요. 무지개 매화꽃 빛과 매화꽃 향기는 일곱 가지로 가득하게 채워지고 꽃섬 별과 무지개 나라를 지나 우주 끝까지 향기와 음악으로 가득 채웠어요.

향아와 마루는 아무 말이 없었지만, 모든 이야기들을 알고 있었어요. 향아와 마루는 일곱 번째 계단이 주는 보랏빛 매화꽃에서 온 세상을 바라볼 수 있었어요.

아래로 이어진 계단마다 모두 평등한 매화꽃들이 저마다 무지갯빛을 내고 무지갯빛 향기와 무지갯빛 꿀물의 강을 이어 주고 있는 것도 보았어요. 일곱 계단마다 끝없는 계단이 있고, 그 계단마다 또다시 이어진 무지개 나라와 꽃섬 별들이 하나가 되어 층층 일곱 계단에서 빛과 향기를 내는데 열두 갈래 빛과 향기가 서로 만나고 지나며 마치 거미줄이 서로 이어지고 연결되어 아래위 동서남북으로 가득 채워진 것 같았어요.

8. 그 자리 그대로

향아와 마루는 아침 햇살이 창문을 두드리는 소리에 고요히 일어나 밖을 보았어요. 무지개 나라도 꽃섬 별도 그대로 무지갯빛과 향기 소리로 아침을 깨우고 있었어요. 향아는 아침 햇살을 바라보며 말했어요.

아침 햇살 고운 향기 무지갯빛 님이시여
낮과 밤이 뚜렷하여 성인 경계 확연하니

무지갯빛 향기마다 향기 노래 담겨 있네
부모님의 말씀마다 진실하고 아름다워
향아 향기 부모님이 주신 선물 알겠어요

향아의 말에 아침 햇살은 더욱 밝게 세상을 무지갯빛으로 가득 채웠지요. 향아의 매화꽃 향기와 국화 향기가 무지갯빛을 따라 우주에 가득 채워졌어요. 마루의 집에도 아침 햇살이 다가와 마루 창문을 두드려 주었지요. 마루가 움직일 때마다 고운 음악이 흘러나오고 노랫소리는 우주로 펼쳐져 갔어요.
마루는 아침 햇살에게 말했어요.

고운 향 빛 아침 햇살 우리 집과 이웃집을
평등하게 비춰 주니 무지갯빛 고운 노래
고운 꽃밭 무지개 형상 노래 속에 담겨 있어
움직이고 생각하면 꽃섬 별이 생겨나네
아름다움 꽃향기로 무지갯빛 노랫소리
모든 생명 화합으로 하나 되어 살아가네!
일곱 계단 노래 꽃과 열두 갈래 광명 향기
아침 햇살 고운 님은 모든 생명 축복해요

마루의 노랫소리는 무지갯빛을 따라 무지개 나라와 꽃섬 별의 풀과 나무들이 바람을 따라 음악으로 연주를 하였지요.

산과 강마다 무지갯빛과 향기 무지개 꿀물은 강을 이루어 일체 생명들에게 고루 평등한 이익을 주며 우주를 가득 채워 놓았어요. 향아와 마루 노래 향기가 엄마 아빠의 온 방 안을 가득 채울 때 엄마 아빠들은 모두 축복의 노래를 불러 주었지요.

오! 축복의 아름다운 아들딸 거룩하다
너희들이 그러하듯 우리들도 그러했네
매화꽃섬 별나라는 자유로운 힘이라네
자랑스러운 향아 마루 향기 노래 축복하네
무지갯빛 꽃잎마다 진실하게 반기리라
꽃섬 별이 축복하여 모든 나라 알리리라
향아 마루 꽃과 빛이 노래마다 향기로다
축복하고 찬탄하네! 아들딸이 꽃이로다

향아와 마루의 엄마 아빠는 한 음으로 아들딸을 축복해 주었어요. 이 축복의 소리는 지금도 우주에 가득하여 무지개가 되어 온 세상을 꽃과 향기 꿀과 빛으로 피어나고, 바람 따라 노래와 음악 소리는 멈추지 않고 아이들과 어른 그리고 모든 생명에게 평등하게 고루고루 나누어지고 있지요.

창문 밖을 바라보며 향아와 마루는 꽃섬 별과 무지개 나라 여행을 위해 더 많은 기도를 하기로 하였지요.

저 멀리 매화꽃섬 별이 향아와 마루를 바라보며 활짝 웃으며 무지개 매화꽃 빛 향기를 보내 주었어요. 향아와 마루는 매화꽃섬 별에 말했어요.

"알겠어요. 이제 자유롭게 갈 수 있어요. 우리들의 아름다움으로 매화꽃섬 별이 더 빛나고 향기로워질 거예요."

향아와 마루는 쉬지 않고 오늘도 꽃섬 별 여행하고 있지요.

어느 날 만나게 될 향아와 마루는 끊임없는 모험 이야기로 무지개 나라와 꽃섬 별 무지개 꽃과 향기 빛 꿀물로 다가와 여러분과 이야기할 거예요.

하지만 명심하세요. 아무도 모르게 만나게 될 테니까요.

세상의 노래마다 축복하는 기도가 있어야 한다는 것을.

꿈꾸는 시간 빛의 날개

1판 1쇄 발행 2024년 9월 5일

저자 현성 김수호

교정 신선미 **편집** 윤혜린 **마케팅·지원** 김혜지

펴낸곳 (주)하움출판사 **펴낸이** 문현광

이메일 haum1000@naver.com **홈페이지** haum.kr
블로그 blog.naver.com/haum1000 **인스타그램** @haum1007

ISBN 979-11-6440-664-7(03810)